낭송

경상북도의 옛이야기

이 책은 한국학중앙연구원(www.aks.ac.kr)이 설화, 민요, 무가 등의 구비문학 자료를 수집정리하여 출간한 '한국구비문학대계' 85권 가운데 『한국구비문학대계 7-1 경상북도 경주 월성편』, 『한국구비문학대계 7-4 경상북도 성주군편(1)』, 『한국구비문학대계 7-5 경상북도 성주군편(2)』, 『한국구비문학대계 7-9 경상북도 안동군편』, 『한국구비문학대계 7-17 경상북도 예천군편(1)』, 『한국구비문학대계 7-18 경상북도 예천군편(2)』에서 풀어 읽은이가 선별하여 내용을 추리고 낭송에 적합하도록 윤문한 것으로, 한국학중앙연구원의 저작물 이용 허락을 받았습니다.

낭송Q시리즈 민담·설화편 낭송 경상북도의 옛이야기

발행일 2017년 3월 20일(丁酉年 癸卯月 丙午日 春分) | **풀어 읽은이** 이한주 |
펴낸곳 북드라망 | **펴낸이** 김현경 | **주소** 서울시 중구 청파로 464, 101-2206(중림동, 브라운스톤서울) |
전화 02-739-9918 | **이메일** bookdramang@gmail.com

ISBN 979-11-86851-52-4 04810 979-11-86851-49-4(세트) | 이 도서의 국립중앙도서관 출판시도서목록(CIP)은 서지정보유통지원시스템 홈페이지(http://seoji.nl.go.kr)와 국가자료공동목록시스템(http://www.nl.go.kr/kolisnet)에서 이용하실 수 있습니다.(CIP제어번호: CIP2017005514) |

책으로 여는 지혜의 인드라망, 북드라망 www.bookdramang.com

慶尙北道

낭송
Q
시리즈

민담 · 설화편
03

낭송
경상북도의 옛이야기

이한주
풀어
읽음

▶낭송Q시리즈 민담·설화편 『낭송 경상북도의 옛이야기』 사용설명서◀

1. '낭송Q'시리즈의 '낭송Q'는 '낭송의 달인 호모 큐라스'의 약자입니다. '큐라스'(curas)는 '케어'(care)의 어원인 라틴어로 배려, 보살핌, 관리, 집필, 치유 등의 뜻이 있습니다. '호모 큐라스'는 고전평론가 고미숙이 만든 조어로, 자기배려를 하는 사람, 즉 자신의 욕망과 호흡의 불균형을 조절하는 능력을 지닌 사람을 뜻하며, 낭송의 달인이 호모 큐라스인 까닭은 고전을 낭송함으로써 내 몸과 우주가 감응하게 하는 것이야말로 최고의 양생법이자, 자기배려이기 때문입니다(낭송의 인문학적 배경에 대해 더 궁금하신 분들은 고미숙의 『낭송의 달인 호모 큐라스』를 참고해 주십시오).

2. 낭송Q시리즈는 '낭송'을 위한 책입니다. 따라서 이 책은 꼭 소리 내어 읽어 주시고, 나아가 짧은 구절이라도 암송해 보실 때 더욱 빛을 발합니다. 머리와 입이 하나가 되어 책이 없어도 내 몸 안에서 소리가 흘러나오는 것, 그것이 바로 낭송입니다. 이를 위해 낭송Q시리즈의 책들은 모두 수십 개의 짧은 장들로 이루어져 있습니다. 암송에 도전해 볼 수 있는 분량들로 나누어 각 고전의 맛을 머리로, 몸으로 느낄 수 있도록 각 책의 '풀어 읽은이'들이 고심했습니다.

3. 최고의 양생법이자 새로운 독서법으로서의 '낭송'을 처음 세상에 알린 **낭송Q시리즈의 시즌 1**은 **동청룡·남주작·서백호·북현무편**으로 이루어져 있으며, 사계절의 기운을 담고 있는 것을 특징으로 합니다. 동청룡편에는 봄의 창조적 기운, 남주작편에는 여름의 발산력과 화려함, 서백호편에는 가을의 결단력, 북현무편에는 지혜와 상상력을 키울 수 있는 고요함을 품은 고전들이 속해 있습니다. 각 편 서두에는 판소리계 소설을, 마무리에는 네 편으로 나눈 『동의보감』을 하나씩 넣었고, 그 사이에 유교와 불교의 경전, 동아시아 최고의 명문장들을 배열했습니다.

▷ <u>동청룡</u>: 『낭송 춘향전』, 『낭송 논어/맹자』, 『낭송 아함경』, 『낭송 열자』, 『낭송 열하일기』, 『낭송 전습록』, 『낭송 동의보감 내경편』

▷ <u>남주작</u> : 『낭송 변강쇠가/적벽가』, 『낭송 금강경 외』, 『낭송 삼국지』, 『낭송 장자』, 『낭송 주자어류』, 『낭송 홍루몽』, 『낭송 동의보감 외형편』

▷ 서백호 : 『낭송 흥보전』, 『낭송 서유기』, 『낭송 선어록』, 『낭송 손자병법/오자병법』, 『낭송 이옥』, 『낭송 한비자』, 『낭송 동의보감 잡병편 (1)』

▷ 북현무 : 『낭송 토끼전/심청전』, 『낭송 도덕경/계사전』, 『낭송 대승기신론』, 『낭송 동의수세보원』, 『낭송 사기열전』, 『낭송 18세기 소품문』, 『낭송 동의보감 잡병편 (2)』

4. **낭송Q시리즈 시즌 2**의 선발주자인 **샛별편**과 원문으로 읽는 **디딤돌편**은 고전과 몸 그리고 일상이 조화를 이루는 훈련으로서의 낭송에 초점을 맞추었습니다. 샛별편에는 전통시대의 초학자들이 제일 먼저 배우며 가장 오래도록 몸과 마음에 새겨놓은 고전을 담았고, 원문으로 읽는 디딤돌편은 몸으로 원문의 리듬을 익혀 동양 고전과 자유자재로 접속할 수 있는 힘을 키울 수 있도록 했습니다.

▷ 샛별편: 『낭송 천자문/추구』, 『낭송 명심보감』, 『낭송 격몽요결』

▷ 원문으로 읽는 디딤돌편: 『낭송 대학/중용』

5. 낭송Q시리즈 **민담·설화편**은 낭송Q시리즈 시즌 2의 연장으로, 입에서 입으로 전해지는 낭송의 진수를 보여 주는 **우리나라 각 지역의 옛날이야기들을 모았습니다**. 낭송을 통해 잊혀져 가는 우리의 옛이야기를 모든 세대가 공유했으면 하는 소망과 서로 옛이야기를 들려주고, 호응하며 자연스레 소통의 방법을 터득했으면 하는 바람을 민담·설화편에 담았습니다. 또한 맛깔나고 정감 있는 각 지역의 사투리를 살려 낭송의 맛을 더했습니다. 『낭송 경기도의 옛이야기』, 『낭송 경상북도의 옛이야기』, 『낭송 경상남도의 옛이야기』, 『낭송 제주도의 옛이야기』를 필두로, 강원도·충청도·전라도의 옛이야기들이 다음 순서를 기다리고 있습니다.

6. 낭송Q시리즈 민담·설화편인 이 책 『낭송 경상북도의 옛이야기』는 『한국구비문학대계』 경주·월성편, 성주군편, 안동군편, 예천군편을 대본으로 하여 풀어 읽은이가 그 편제를 새롭게 해서 각색하고 엮은 것입니다. 단, 각 이야기의 출처 지역은 행정구역의 변동 등으로 분명치 않은 곳이 있어 『한국구비문학대계』에 표기된 지역을 그대로 따랐습니다.

차례

낭송
경상북도의 옛이야기

2부

신난다! 머슴들의 세상 65

3부

울고 웃는 양반들 109

慶尙北道

4부

5부

慶尙北道

낭송
경상북도의
옛이야기

머리말

옛이야기를 낭송하며 경계를 허물다

1. 경상북도의 옛이야기와의 만남

나에게는 사투리에 얽힌 아픈 기억이 있다. 한때 지방 극단의 배우였었던 나는 사투리가 고쳐지지 않아서 연극을 그만둘 수밖에 없었다. 우리는 지방의 연극배우들이었으나 무대에서는 표준어로 대사를 구사해야 했다. 특히 정통 번역극은 표준어 구사를 중요하게 여겼다. 그런데 매번 나의 사투리 발음이 유독 문제가 되었다. 나름 표준어를 구사한다고 하는데 아니라는 것이었다. 경북 사투리가 혀에 깊이 뿌리를 내리고 있었던 것이 분명했다. 연극배우에게 생명과도 같은 발음이 제대로 되지 않으니 몸짓도 점점 경직되어 갔다. 연기에 대한 질책을 받기 시작했다. 좌절이 찾아왔다. 전문 연극배우가 되고 싶었던 꿈이 사투리로 인하여 무너지고 있었다. 연극판은 너무 배가 고파서 견디기 힘들다는 핑계를 만들었다. 결국 미련만을 한껏 남긴 채 연극판을 떠나고 말았다. 그러나 삶이란 우연에 의해 다른 장으로 넘어가는 기회를 맞기도 한다. 표준어를 구사하지 못해서 연극판을 떠난 나에게 반전이 찾아왔다. 사투리로 낭송하는 책, 우리나라 각 지역에서 전승되고 있는 옛이야기를 엮는 작업에 우연히 참여하게 된 것이다. 이름하여 『낭송 경상북도의 옛이야기』. 하하하, 그토록 사투리 때문에 좌절했다가 맘껏 경북 사투리로 낭송할 수 있는 책을 엮게 되다니.

지난해 봄부터 경상북도의 마을과 마을에서 구전되는 이야기를 발췌하여 모으기 시작했다. 그러던 어느 날 『한국구비문학대계』에 저장된 음성자료를 듣게 되었다. 어느 시골 동네의 촌부들이 마을회관, 또는 사랑에 모여 옛이야기를 펼치는 현장이 고스란히 녹음되어 있었다. 채록된 옛이야기를 듣고 있노라니 내용의 재미도 재미였지만 어느새 나도 모르게 목소리의 주인공들에게 이끌렸다. 그들은 경상북도의 투박하고도 구수한 말로 생생하고도 감칠맛 나게 이야기의 향연을 펼치고 있었다. 참 재미있었다. 푹 빠진 채 이야기를 듣고 있다가 별안간 깜짝 놀랐다. 사투리 때문이었다. 한참을 이야기만 듣고 있다가 그들이 아주 농도 짙은 경북 사투리를 쓰고 있음을 뒤늦게 깨달은 것이다. 왜 그들의 말이 사투리였음을 처음부터 깨닫지 못한 것일까?

그랬다. 옛이야기는 표준어와 사투리의 구분이 없었다. 사실 남녀노소를 불문하고 사람이 있는 곳에는 이야기가 있다. 구연자와 청자만 있으면 이야기는 끊임없이 생성된다. 생성된 이야기는 사람이 존재하는 한 전승될 것이다. 이것이 옛이야기가 전승되어 온 과정이었다. 옛이야기는 분명 말로 전승되는 문학의 한 분야이다. 하지만 적어도 옛이야기 안에서는 그 말이란 것이 표준어인지 사투리인지에 대해서는 상관이 없었다. 중요한 것은 사람이었다.

채록된 자료를 들으며 옛이야기의 현장을 머릿속에 그려 보았다. 현장은 이러했다. 여러 명의 사람들이 모여 있다. 그들은 이야기하는 흥겨움과 이야기 듣는 즐거움을 함께 누리는 사람들이었다. 청중들의 호응은 다양했다. 웃음소리, 한숨소리, 탄식소리 등등. 청중들의 호응이 다양하니 거기에 맞추어 구연자의 호흡 또한 청중들과 함께 살아 숨 쉬고 있었다. 분위기가 이렇다 보니 옛이야기 속의 주인공들도 되살아나 같이 호흡하는 느낌이었다. 생생한 이야기의 향연이었다. 이렇게 살아 있는 이야기의 현장에서는 구연자의 삶과 사유가 옛이야기에 자연스럽게 녹아들어 갈 수밖에 없을 것 같았다. 그 순간에 구연자는 전승된 옛이야기의 각색자가 될 것이었다. 이런 사실을 놓고 보자면, 옛이야기는 분명히 전승되는 성격을 지니고 있지만 그 시대 그 사람들의 창작품이라고도 할 수 있었다. 이야기를 들려주는 사람과 듣는 사람이 함께 이야기를 조금씩 변형시키고 첨삭하면서 또 다른 이야기를 만들어 가고 있었던 것이다.

구연자의 이야기를 듣다가 청중들 중 한 사람이 썩 나서며 "그 이야기를 내가 한번 해보지!" 하며 다른 목소리로 이야기를 펼쳐낸다. 그러자 같은 내용의 이야기인데도 다른 이야기인 듯 들렸다. 아이가 어른을 나무라고, 아내가 남편을 가르치고, 머슴이 양반을 놀리고, 동물과 사람이 형제도 될 수 있는 세계, 그렇다고 다 나은 세계도 아닌 그저 그런 삶의 한 단편인 옛이야기. 그렇게 그들은 구연자가 청중이 되고 청중이 구연자가 되기도 하는 등, 구연자와 청중의 경계를 허물고 넘나들며 함께 이야기를 만들어 나갔다. 그 현장의 모든 사람들이 옛이야기의 창작자이며 향유자였다. 그 현장에 사투리는 없었다. 다만 펄펄 살아 숨을 쉬는 그들의 삶의 이야기만 있을 뿐.

연극도 옛이야기처럼 삶의 이야기를 작품으로 형상화하여 보여 주는 것인데 나는 왜 꼭 표준어로 발음해야 한다고 생각했던 것일까? 내가 사투리를 뿌리 뽑고 표준어 발음을 새로 심었다 한들 그것이 과연 내 혀뿌리에서 살아났을까? 튼튼하지 않은 뿌리로 과연 공감할 수 있는 삶의 이야기를 제대로 전달할 수 있었을까? 이런 의문들에 휩싸이자 나는 스스로 만들었던 아픈 기억에서 벗어날 수 있을 것 같았다. 연극판에서 걸머지고 있었던 완벽한 표준어의 억압을 떨칠 수 있을 것만 같았다.

그러고 보면 나는 사투리 때문에 연극판에서 밀려난 것이 아니었다. 연극 대본을 있는 그대로 앵무새처럼 구사하기 위해 표준어에 매달렸던 마음이 문제였다. 그러니 부자연스러운 몸짓과 목소리로 연극판을 즐겁게 누리지 못했던 것이다. 사투리가 문제가 아니었다. 삶의 이야기를 자연스럽게 풀어놓는다는 것이 무엇인지 알았어야 했다. 사람들과 같이 호흡할 수 있어야 했다. 그때 삶의 이야기가 작품으로 살아날 수 있음을 알았어야 했다. 이런 사실들을 알게 되자 과거의 편견들이 봄날의 꽃잎들과 함께 바람 속으로 흩어져 갔다. 바로 나와 사투리 사이에 새로운 의미가 생성되던 순간이었다.

그래서일까? 옛이야기를 듣고 받아쓰고 새로 엮는 작업 속에서 어느덧 소박하고 생생하고 신나는 삶들이 나의 삶으로 스며들어 왔다. 그들에게 나는 청자가 되었다. 그들의 꾸밈없는 목소리를 들으며 웃고 한숨 쉬고 탄식했다. 비로소 옛이야기 속에 녹아 있는 삶의 철학이 내 몸으로 들어옴을 느꼈다. 표준어와 사투리뿐이었을까? 다른 상황에서도 매번 이것과 저것 사이에 경계선을 그어 놓고 무엇인가를 항상 구분하고 살고 있었던 나의 지난 삶이 보였다. 그러한 전제가 있었으니 관계 속에서 담 쌓기를 주저하지 않았을 것이다. 구획하는 삶 속에서 알게 모르게 누군가를 배제하고 나 또한 배제당하는 느낌을 가지고 있었을 것이다. 그런 나에게 경상북도 옛이야기의 주인공들이 말을 건넸다. 네 안의 견고하게 쌓아 놓은 그 담과 경계들을 우리 같이 허물어 버리자고.

나는 옛이야기를 펼쳐 놓고 싶어졌다. 자연스럽게 구연자가 되고 싶었고, 되고 말았다. 동네 아이들에게, 친구들에게, 가족들에게, 80세의 노모께 옛이야기를 펼쳐 놓고 있었던 것이다. 나는 이제 부자연스러웠던 연극에 대한 미련을 떨치고 내 삶의 주인공이 되어 자연스럽게 내 목소리를 낼 수 있을 것만 같았다. 그리고 어느새 그들과 함께 옛이야기를 향유하고 있었다. 사투리를 맘껏 써도 되는 이 삶의 무대에서 말이다.

2. 『낭송 경상북도의 옛이야기』에서 듣는 이야기의 신선함

이 낭송집은 경상북도에서 구전되고 있는 설화들을 묶어 놓은 자료들을 찾아보고 낭송하기에 좋은 내용들을 모아서 엮은 책이다. 수많은 설화를 모두 가져 올 수는 없었다. 그래서 경상북도의 특색이 살아 있는 이야기들로 엮어 보았다.

1부는 알면 알수록 재미있는 인물이야기를 묶었다. 퇴계 이황, 서애 유성룡, 번암 채제공, 경주 최부자, 임경업 장군, 난봉꾼, 남 속이기를 삶의 즐거움으로 삼았던 인물들로 다양하게 엮어 보았다. 재미있는 것은 유명 인물들의 업적보다는 그와 관련된 주변인들이나 소소한 일상 이야기가 많았다는 것이다. 예를 들어 경북에서는 서애 선생유성룡보다는 형인 겸암 선생유운룡이 어진 성품으로 더 존경을 받았다는 것을 알 수 있었다. 서애 선생보다 겸암 선생의 이야기가 더 많다는 사실이 이를 증명한다. 퇴계 선생과 채번암의 경우도 마찬가지이다. 퇴계 선생은 며느리와 관련된 이야기와 그의 희한한 능력에 관한 이야기이다. 번암 채제공은 경북 출신이 아니었음에도 남인이어서인지 그에 대한 이야기가 많았다. 경북 지역에 살던 남인들에 의해 번암의 이야기가 구전되었을 가능성이 크다. 이 책에는 아동기와 청년기의 설화를 실었다.

민간 설화에서 빠지지 않는 것이 영웅담이므로 임경업 장군과 초립동 이야기를 한 편씩 실었다. 하지만 영웅과 대조되는 인물의 유형이 훨씬 더 많았다. 서울의 정수동, 영덕의 방학중, 경주의 정만서가 그들이다. 그들은 봉이 김선달과 같은 유형으로서 남을 속이기를 밥 먹듯이 하는 인물들이다. 하지만 은근한 해학과 풍자가 그들의 매력이다. 경북 지역의 민간에서 이러한 인물들의 이야기가 더 많이 전승되고 있는 점은 백성들이 영웅들보다 바로 내 옆에서 벌어지는 소소하고도 유쾌한 이야기를 더 좋아했다는 것을 반증한다.

2부는 머슴들의 신나는 세상 이야기이다. 경북 지역의 설화에서 머슴들은 우리가 알고 있듯이 주인에게 종속되어 얽매인 세상을 살아가는 이들이 아니었다. 그들은 오히려 세상의 주체로서 신나게 살아가는 이야기의 주인공들이었다.

반면, 3부에서는 서로 속이는 양반, 가난한 시골 선비를 골탕 먹이는 서울 양반, 쫄딱 망해 오히려 부자가 된 종을 찾아가는 양반 등 양반들의 빈틈을 드러내는 이야기들을 주로 묶어 보았다. 양반의 마을, 안동, 문경, 예천 지방에 이런 이야기가 의외로 많다는 사실이 참 재미있다. 이 점은 서민들에게 있어 양반은 존경이나 경계의 대상이라기보다는 양반들도 힘들게 살아가는 그네들의 이웃이었다는 것을 우리에게 알려 준다.

4부는 여성들의 지혜담이다. 한 가정의 며느리, 딸, 동서지간, 아내 등 여성들의 지혜 이야기를 묶어 보았다. 고루한 사고방식으로 여성에 대한 차별 의식을 가지고 있는 것이 경북의 지역성이라고 보는 이들이 많다. 하지만 의외로 지혜롭게 남편의 그릇된 행동을 일깨우는 아내, 가정을 일으켜 세우는 며느리의 이야기, 부모에게 지혜롭게 대처하는 딸의 이야기를 통해 경북 지역의 여성관에 대한 편견이 지나쳤음을 알 수 있다.

5부는 효에 대한 이야기이다. 일반적인 효에 대한 이야기뿐만 아니라, 꾀를 내어 효자효부를 만드는 이야기들도 모아 보았다. 효에 대한 설화는 어느 지역이나 많지만 경북 지역에서 이런 이야기가 많다는 사실이 신선했다. 구연자가 주로 시아버지나 시어머니의 위치에 계신 분들이 많은 점이 어느 정도 작용을 하지 않았을까도 짐작해 보았다. 하지만 그것보다 중요한 점은 효의 당위성에 대한 이야기보다 누군가로부터 일깨움을 얻어 효를 행한다는 점에서 새로운 의미를 찾을 수 있을 것이다.

6부는 동물과 인간이 살아가는 이야기이다. 경북의 특색은 여러 종류의 동물들이 다양하게 출연한다는 점이다. 호랑이, 여우, 족제비, 개구리, 두꺼비, 구렁이, 고양이 등 다양한 동물들이 인간과 함께 살아가는 모습을 보여 준다. 나아가 인간과 달리 동물들은 은혜를 꼭 갚는다는 내용의 이야기들은 인간 중심의 사유에서 벗어날 수 있는 기회를 제공한다. 자연에서 인간은 우위에 있는 존재가 아니다. 다른 동물들과 서로 대칭적 존재일 뿐이다. 이러한 사유는 자연에 대한 겸허함으로 이어진다.

3. 경계를 허무는 낭송의 현장

이야기를 모으는 작업 중간에 아이들이나, 가족들, 또는 친구들에게 이야기를 낭송해 주는 시간을 가져 보았다. 듣는 이들이 재미있다고 한바탕 웃으며 야단법석이 났다. 내용도 내용이려니와 걸쭉하고도 구수한 사투리의 향연 때문이었다. 경상북도 사투리는 강렬한 악센트를 살리는 것이 낭송의 묘미이다. 낯선 사투리의 향연 속에서 처음에는 무슨 내용인지 알아들으려고 귀를 기울이다가, 조금 뒤 모두들 박장대소를 했다. 그렇게 이야기의 내용에 쏙 빨려 들어간 듯했는데, 갑자기 툭 끊어진다. 어이없이 끝난다. 이것 또한 이 낭송집의 묘미이다. 교훈으로 대미를 장식하는 일반적인 옛이야기책들과는 확연히 다르다. 깨우침을 강요하지 않는다. 그런 의미에서 이 책은 우리가 그동안 가지고 있었던 옛이야기에 대한 환상을 깨 버린다. 옛이야기의 구연자는 결론을 아름답게 꾸미지 않았다. 대미의 장식을 청중들의 상상의 몫으로 남겨 놓았다. 낭송의 현장은 긴 여운으로 우리에게 남는다. 이런 의미에서 『낭송 경상북도의 옛이야기』는 신선함과 유쾌함, 즐거움, 이야기의 여운이 모두 담긴 책이라고 할 수 있다.

삶의 이야기에는 표준어와 사투리, 깨우침과 교훈, 선악의 경계가 없다. 경상북도의 옛이야기를 낭송하는 순간 이것이 그저 삶의 한 이야기였음을 느낄 것이다. 그동안 우리는 너무 경계 짓는 삶을 살았다. 서울 중심의 책, 표준어로 된 책을 읽었고 그것을 구사하기 위해 노력했다. 그러면서 삶마저도 표준이 있다고 믿게 되었다. 나 자신, 내 몸속의 뿌리를 뽑아내려고 노력한 이유도 이 때문이었다. 표준에 맞춰 가는 삶을 살고 싶었던 것이다. 그런데 과연 표준의 삶이라는 것이 있기나 한 것인가? 단지 상상의 삶에 불과했던 것을. 이제는 생명력이 충만한 삶을 낭송하자. 생명력은 구석구석 다양한 삶의 이야기들이, 목소리들이 있는 곳에 충만하다. 『낭송 경상북도의 옛이야기』를 낭송하는 순간 그것을 느낄 수 있을 것이다.

경계를 허물고 다양한 삶과 어우러지는 것, 이것이 『낭송 경상북도의 옛이야기』에 담겨 있다. 사투리와 함께할 수 있기에 이 책 속의 이야기를 소리 내어 낭송할 때엔 누구나 경북 사람이 될 수 있다. 아니 될 수밖에 없다. 낭송의 순간, 우리는 어느새 경북 사람들의 삶 속으로 들어가, 그들의 이야기를 전하고 있을 것이기 때문이다. 그렇게 또 낭송하다 보면 굽이굽이 경북의 어느 산골, 어느 동네에 들어가 숨 쉬고 있을 것이다. 구불구불 생명력이 넘실대는 다양한 삶의 현장 속으로 말이다.

이렇게 경상북도의 옛이야기를 낭송하는 순간, 옛 경북 사람들의 삶의 한 귀퉁이가 가슴속으로 훅 들어올 것이다. 낭송이 끝날 즈음 그들의 삶은 긴 여운으로 우리에게 남는다. 그들이 있었기에 현재의 내가 존재한다. 얼마 뒤, 나도 후손들에게 옛사람이 될 것이다. 이것을 느끼는 순간, 지금의 삶이 소중해진다. 시공간의 경계마저도 허물고 과거와 미래의 그들과 만나고 있기 때문이다. 이 낭송의 순간에 말이다.

1부

알면 알수록 재미있는 인물 이야기

1-1. 서애 유성룡과 그의 아버지 유중영

유중영柳仲郢이라는 황해도 관찰사가 있었어. 그 사람은 지혜가 뛰어나고 학식이 풍부하기로 유명했어. 한번은 백일장이 열렸는데 시제가 참으로 쉽고도 어려운 거라. 이 글귀를 풀기 위해 식음을 전폐하고 사오 일을 두문불출하면서 큰소리로 읽어도 보고 작은 소리로 읊어도 보는데 진전이 없는 거야. 급기야,

'이것을 못 풀 바에야 내가 절명하고 말리라'

그러고는 아예 절곡을 해 버렸어. 이때 막내아들이 여덟 살이었어. 부자 사이가 아주 지극한 터라 아들은 아버지를 못 뵙게 되니 너무나 그리워했어. 그래서 아버지의 방 앞에 가서,

"아부지요! 아부지요! 문 열어 주십시오. 문 열어 주십시오."

라고 아버지를 불렀어. 그러나 유중영은,

"오냐! 니 음성을 들었으니 됐다. 내가 지금 얼굴을 내밀 주제가 못 된다. 조금도 이 애비를 원망하지 말고 물러가이라."

자애로운 아버지가 훈훈한 목소리로 말씀을 하시는데 아들이 고집을 부릴 수도 없고, 또한 아버지의 명을 거역할 수도 없어서 물러 나왔어. 아들은 아버지가 저러시는 이유를 알 수가 없어서 너무 답답했어. 그래서 다시 한번 갔지.

"아부지요! 무슨 이유로 방에만 계시는 것입니까?"

"니가 알아 무엇하겠느냐? 어린 너는 알 수도 없는 문제이며 또 내가 너한테 이야기를 해서도 안 되는 문제이다. 내가 너한테 부끄러워서 말을 못하겠다."

"아부지요, 부자유친이라고 배웠습니다. 이것이 삼강오륜의 으뜸인데 어찌 제가 아부지의 걱정을 같이 나눌 수가 없다는 말입니까?"

"오냐! 그러면 내가 문을 열 터이니 들어오너라. 이유나 알아두어라. 내가 백일장의 시제를 풀지를 못하겠구나! 모두들 나를 학식이 풍부하다고들 하는데 이것을 풀 수가 없으니 참으로 답답하구나! 차라리 내가 이 고초를 겪는 것이 낫겠다고 생각하여 이러는 것이다."

"아버님, 그 글귀를 저한테 보여 주십시오."

그 글귀는 이러하였대.

"화즉원畵卽圓, 서즉방書卽方, 묘구출卯口出, 오즉장午卽長, 유구입酉口入."

글을 읽은 아들이 말했어.

"아부지요, 이것은 이런 뜻 같습니다. 화즉원은 동그라미를 그리라는 뜻이고, 서즉방은 동서 방위를 나타내는 한 일자를 써 보라는 뜻입니다. 동그라미는 해를 뜻합니다. 해는 토끼의 입, 즉 동쪽에서 나와서 정오에 제일 길어졌다가 닭의 입, 서쪽으로 들어가니 '한 일一' 자를 따라 움직입니다."*

그러자 아버지 유중영이 무릎을 탁 치면서 말했어.

"어허, 그것 참! 내가 어른이지만 참으로 부끄럽구나. 내가 그동안 공부를 헛했다! 이렇게 쉬운 것을 오륙 일을 숙식전폐하고 고민했다니! 내가 이것을 어째서 못 풀었을꼬! 아들아, 참으로 대견타!"

그는 글귀를 푼 것을 써서 임금께 올렸어. 다른 신하들에게 물어보니 아직 아무도 못 풀었다는 거야. 사람들이 말했어.

"역시! 유중영이 최고로구나!"

이에 유중영은 자신이 푼 것이 아니고 여덟 살짜리 아들이 풀었다는 것을 사람들에게 알렸어. 그 여덟 살짜리 아들이 바로 서애西厓 유성룡柳成龍 대감이야. _예천군 용문면

* 12지상 묘(卯)는 정동방, 오(午)는 정남방, 유(酉)는 정서방을 가리킴.

1-2. 서애 유성룡의 형 겸암 유운룡

어느 날 밤 서애 유성룡 선생이 형님인 겸암謙菴 유운룡柳雲龍 선생에게 놀러 오라고 했어. 서애가 중국을 갔다 왔거든. 오는 길에 양자강을 건너며 형님에게 빈손으로 갈 수 없다는 생각이 들었지. 그래서 귤 몇 개를 사 가지고 왔어. 형님인 겸암에게 주려고 말이야.

"먼 길을 갔다가 형님에게 아무것도 갖다 드릴 것도 없고 하여 귤을 사 가지고 왔이니더."

"야! 그거 반갑다. 그런데 자네한테 인제 말하지만 나는 그것을 저녁마둥 먹는다."

"아이, 그라믄 형님! 이리 귀한 것을 저녁마둥 자시면서 날 왜 안 불렀소?"

"그래? 그럼 오늘 저녁에는 늦어서 안 되고 낼 저녁에 우리 집에 올래? 낼 저녁에 나하고 시컨실컷 먹도록 하세."

이튿날 저녁에 서애는 일찍 저녁밥을 먹고 형님 집으로 갔어.

"어이, 아우님 잘 왔네. 좀 들어 가세."

겸암은 동생이 방에 들어오자마자 종이에 일필휘지로 글씨를 썼어. 그러고는 그것을 마당에 획 던지며 주문을 외웠어. 그리고 한참 있으니 난데없이 대문 앞에 물이 철렁철렁하는 것이 아니겠어. 그러더니 배가 한 척 둥둥 떠오는 것이야.

"이 배를 타세!"

겸애의 말에 서애는 깜짝 놀랐어. 하지만 형님의 말을 믿고 배를 탔지. 형제를 태운 그 배는 중국의 소상강瀟湘江으로 갔어. 그곳에 가니 아홉 명의 신선이 모여 있었어.

"아이구, 왜 이제 오시는가? 우리는 온 지 한참 되었네."

"하하, 오늘은 내가 사람 한 명을 데리고 왔네."

"누군가?"

"내 아우인데, 요즘 병조판서인가 뭔가를 하는 사람이라네."

"그래? 이 사람을 왜 데리고 왔는가?"

"견문을 넓혀 주고 싶어서 데리고 왔네. 게다가 이 사람이 귤을 먹고 싶어 해서 오늘 내가 시컨실컷 먹이려고 데리고 왔네."

"하하하, 그러시게."

서애는 귤을 실컷 먹었어. 그러고는 밤이 깊어 가는 것도 잊고 신선들과 노닐었어. 겸암이 말했어.

“곧 갈 시간이 되었구나. 가기 전에 밤참이나 먹고 헤어지자.”

소박한 밤참의 상에 청어 두 마리가 접시에 담겨져 있었어. 그때 어디선가 개가 한 마리 나오더니 청어를 달라는 듯이 짖기 시작하는 거야. 그러자 겸암이 청어 한 마리를 개에게 던져 주었어. 그리고 서애에게는 반 마리만 주었어. 서애가 생각했지.

‘개한테는 한 마리를 주고 나에게는 왜 반 마리만 준다는 말인가? 형님에게 나는 개보다 못한 존재구나!’

밤참을 다 먹고 형제는 다시 배를 타고 집으로 돌아왔어. 돌아오는 길에 서애는 겸암에게 물었어.

“형님! 왜 개한테는 청어를 한 마리 주고 나에게는 반 마리를 주었소? 내가 개보다 못하오?”

“쯧쯧, 그래, 못한 것이 맞네. 개는 지금 일본놈들 병장기 치는 소리가 듣기 싫다고 저리 짖는데 병조판서라는 자네는 그것을 아는가, 모르는가? 그것을 모르면 자네는 개만도 못하네. 그러면서 청어 한 마리에 스스로를 개하고 비교하는가?”

서애는 부끄러워서 고개를 들 수가 없었어.

“형님 말이 옳소! 내가 먹을 것을 앞에 두고 분별심을 잃은 듯하오. 오늘 밤 일을 가슴에 새기리다.”

겸암 유운룡은 이렇게 서애 유성룡 옆에서 늘 진심 어린 충고를 해주는 형이었다는구먼._영덕군 창수면

1-3. 퇴계 선생의 며느리 사랑

퇴계 선생의 맏아들은 나이가 초립동 정도일 때 세상을 떠났어. 그러자 선생의 맏며느리는 자식도 없이 과부가 되었지. 하지만 양반집이다 보니 어떻게 할 수가 없었어.

퇴계 선생은 혹여 무슨 일이 생길까 보아서 한밤중에도 일어나 집안을 두루 살피고는 했어. 그러던 어느 날 밤, 며느리 방에서 야단스러운 웃음소리가 나는 거야. 이상한 생각이 든 선생은 며느리의 방을 엿보지 않을 수 없었지. 문구멍을 내어 방을 훔쳐보니 며느리가 옷을 뭉쳐서 세워 놓고는 갓까지 씌워 놓았어. 그러고는 좋다고 끌어안고 있는 게 아니겠어?

며칠 뒤, 퇴계 선생은 사돈을 불러 말했어.

"거, 사돈요!"

"왜 그러십니까?"

퇴계 선생의 사돈은 무슨 일인가 싶어서 긴장하며 답했어.

"저, 쟈를 개가시킵시더."

사돈은 그만 깜짝 놀랐어. 양반집에서 그런 일이 있으면 야단법석이 나거든.

"아이구, 사돈! 왜 그래 말씀하십니까?"

퇴계 선생은 놀라는 사돈을 설득해 결국 며느리를 친정으로 보냈어.

그 뒤 선생은 며느리가 어떻게 사는지 궁금하기도 해서 어느 날 사돈집에 가 보았어. 그런데 며느리는 개가하지 않고 친정에 그대로 살고 있었어. 고마운 시아버지가 오셨다고 따뜻한 밥을 차려 내오고 버선까지 한 켤레 지어서 방에 들여 놓았어. 내 자식이었던 며느리가 해준 버선이니 퇴계 선생은 그걸 받아서 겨드랑이 옆에 끼고 사돈집을 나섰어. 그 모습을 보고 제자였던 월천 선생조목(趙穆)이 물었어.

"그 더러운 것을 말라꼬 가주 가십니까?"

"이게 어떻다는 말인가?"

월천 선생은 이해하지 못했지만 퇴계 선생은 며느리의 마음을 알고 감쌌어. 선생은 세상을 대할 때 곧고 떳떳한 분이셨지만, 며느리에게는 부드럽고 따뜻한 분이셨지._예천군 예천읍

1-4. 퇴계 선생의 함

퇴계 선생은 눈에 열이 많아서 안광眼光이 셌대. 그런데 이 안광을 받은 사람이 떨어져 죽었다는 믿기지 않는 옛이야기가 있어. 이 안광 때문에 퇴계선생은 평소에 늘 눈을 감고 있었대.

퇴계 선생 댁 사랑 앞에는 대추나무가 한 그루 있었는데 어느 해엔가 대추가 오롱조롱 많이도 열렸어. 퇴계 선생이 눈을 감고 있으면 동네 아이들이 와서,

"저 어른 눈 깜고 있다."

하면서 대추를 따 먹고 가곤 했지. 그래도 퇴계 선생은 그냥 놔두었더래. 그런데 어느 날 한 아이가 오더니 대추나무에 올라가서 안 내려오는 거라. 한참 동안을 아이가 내려오지 않으니 무슨 일인가 선생도 궁금했지. 그래서 눈을 살짝만 떠 보았어. 어이쿠! 바로 그때 그만 아이가 나무에서 떨어져 죽고 말았어. 아무래도 퇴계 선생의 안광을 받은 것 같았어. 이 어른이 가만히

생각하니 이것이 큰 죄거든. 눈을 뜨지 않았으면 아이가 안 죽었을 텐데 눈을 뜨는 바람에 죽었으니 말이야.

그런데 이 죄가 9대손까지 미치게 될 것을 퇴계 선생이 아셨나 봐. 퇴계 선생은 숨을 거두기 직전 조그만 함을 짜서 그 함에 종이 백 장을 오려서 넣었어. 그 종이에 뭐라고 썼냐 하면 아흔여덟 장에는 '하당시자'下堂視者라고 쓰고, 아흔아홉 장째에는 '오면여사'吾免與死라고 쓰고, 백 장째에는 '오출구대손'吾出九代孫이라고 썼어. 그리고 함을 봉한 후 가족들에게 유언을 남겼어.

"야들아, 이거 우째든지 9대손까지 이 함을 전해야 한대이."

퇴계 선생이 그렇게 '전하라'고 명령하신 뒤에 자손 대대로 이 유언이 전해졌어. 그럭저럭 세월이 지나 드디어 9대손까지 흘러왔어. 그런데 이때 퇴계 선생의 9대손은 국법에 의해 죄인이 되어 옥에 갇혀 있었어. 더구나 내일은 사형이 집행되는 날이야. 이 죄인이 가만히 생각하니 9대조부터 내려오는 함에 관한 이야기가 떠올랐어. 그래서 죽기 전에 꼭 그 함을 꼭 열어 보리라 마음먹었지. 그래서 원님에게 부탁했어.

"원님요, 내가 오늘 죽어도 원통하지 않지만은 우리 9대조께서 전해 주신 함이 있는데 그 함에 뭐가 들었는지 안죽아직 모르고 있십니더. 지가 그 함을 열어 보면 여한이 없겠십니더."

"음, 그래라."

원님이 이방을 시켜서 그 함을 가져왔어. 뚜껑을 딱 열어 보니 종이가 잔뜩 들어 있는데 아흔여덟 장 종이에 쓴 글자가 '하당시자'下堂視者뿐이야. 그리고 아흔아홉 장째에 '오면여사'吾免與死, 백 장째에는 '오출구대손'吾出九代孫이라고 써 놓은 거야. 그 뜻을 풀어 보면, '하당시자', 마당에 있는 사람을 보라. '오면여사', 내가 너를 살려 주겠다. '오출구대손', 나의 9대손도 살려 다오, 라는 뜻이야.

그런데 원님이 함을 들고 퇴계 선생의 9대손에게 내려가는 그 순간 대들보가 몽땅 내려앉으며 지붕이 무너졌어. 퇴계 선생의 함이 아니었으면 원님은 깔려 죽고 말았을 거야. 이 뜻을 알고 원님은 퇴계 선생의 9대손을 살려 주었어. 그래서 원님도 살고, 9대손도 죄 허물을 벗고 살았다는 이야기야._군위군 산성면

1-5. 조선의 장수, 임경업

임경업 장군은 어려서부터 동네 아이들을 데리고 군대놀이를 하며 장수 노릇을 했대. 자칭 "나는 장수다!" 했다는 거야. 커서는 벼슬을 하더니 정말 큰 대장이 되었어. 한번은 청나라에 사신을 보내야 하는데 임경업 장군을 보내게 되었지. 그때의 사신은 죽으라고 보내는 것과 같았대.

이 일이 있기 전에 말이야. 후금이 명나라를 치려고 했는데 명나라에는 출중한 장수가 없어서 임경업 장군을 보내서 후금을 막으려고 했대. 그래서 임경업 장군이 나가 싸워서 후금을 물리쳤나 봐. 그런데 이후에 후금이 득세를 해서 명나라가 망하고 청나라가 들어섰어. 그러니 청나라가 잔뜩 화가 나서 조선을 치려고 했지. 임경업 장군을 사신으로 오라고 한 건 조선을 치기 전에 장군을 죽이려고 한 계획이었어.

"명과 청이 한 나라가 되었으니 사신으로 오라."

임경업 장군이 가만히 생각하니 아무리 봐도 자신을 죽이려고 하는 것 같은 거야. 그래서 그만 뺑소니를 쳐 버렸어. 일이 이렇게 되니 청나라에서도 어쩔 수 없었지. 그러고 나서 김자점이 임경업 장군을 의주 부윤에 천거했어. 청나라가 의주를 통해 들어 올 거라고 생각해서 말이야. 그랬더니 청나라가 의주를 피해서 동해로 쳐들어 왔네? 청나라는 금방 한양을 점령하곤 임금에게 항복을 받아냈어. 그러고는 세자와 대군들을 붙잡아 갔어. 임경업 장군은 그 길로 청나라에 당장에 달려갔어. 그리고 청나라 황제와 싸웠지.

"몇 수만 명이 와도 내가 한 칼에 죽일 거이니 올 테면 한번 와 보소. 그래, 날을 한번 죽이 보소!"

"그래, 네가 원하는 것이 무엇이냐? 말해 보거라."

"그라머, 조선의 세자와 대군들을 조선에 돌려보내 주이소!"

청나라 황제가 세자와 대군들을 돌려보내 주겠다고 약속을 했어. 그러자 임경업 장군은 세자에게 말했어.

"먼저 가십시오. 지는 이짝 황제 모가지를 끊어 가지고 가겠심더."

세자 일행은 먼저 조선에 먼저 돌아가서 장군을 기다리기로 했어. 그런데 그때 김자점이 모의를 해서 임경업 장군에게 죄를 만들어 덮어씌웠어. 장군이 돌아온다는 소식이 전해지자 김자점이 장군을 묶어서 한양에 데리고 와서 옥에 가두어 버렸지.

"그 사람이 충신인데 뭐 때무로 묶어 가주 가노. 그 사람 내노라꼬."

사람들이 항의를 했으나 김자점은 들은 척도 하지 않았어. 세자 형제들이 이 사실을 알고 임금에게 아뢰었어. 임경업 장군과 임금이 만나게 됐지.

"지는 자점이가 그런 줄 모르고 임금님 명령이라고만 생각해서 이리 묶여 있었디만은. 내일 아침에 자점이를 고만에 가만두지 않겠십니더."

"그래. 욕을 많이 봤으니 내일 아침에 이야기하세."

임금과 헤어지고 돌아오는 길에 갑자기 김자점 부하가 들이닥쳐 장군을 때려 죽이고 말았어. 그래서 나중에 임경업 장군 아들 형제들이 김자점의 간을 꺼내서 아버지 제사를 지냈다는구먼. _예천군 개포면

1-6. 소년 채번암①—앵두 서리

조선 시대에 채번암채제공이라는 명재상이 있었어. 이분이 어렸을 때의 일이야. 번암이 편모슬하에서 자라나 여덟 살이 되었을 때였지. 오뉴월 어느 날 그 동네 어떤 대감집의 앵두나무에 앵두가 주렁주렁 열려서 가지가 담 위에 축 늘어져 있었어. 어린 번암이 앵두가 먹고 싶어서 그만 대감집 담을 넘었어. 앵두를 훑어서 입에 넣고 주머니에도 잔뜩 넣었지. 마침 대감의 소실이 그 모습을 발견하고는 소리를 질렀어.

"앵두가 익으만 따 드릴라꼬 대감도 하나 안 따 드렸는디, 어느 집 아가 와 가주고 저래 막 따 먹고 개하주머니에까지 주였노집어넣느냐! 저놈을 당장에 붙잡아 가주고 욕을 비보여 뿌라!"

소실의 말에 대감의 종들이 번암을 쫓기 시작했어. 결국 한 종이 기어이 번암을 붙잡아서는 궁둥이를 냅다 때렸어.

"이놈, 양반을 때리면 되느냐?"

어린 아이는 두드려 맞으면서도 양반을 때리면 안 된다고 야단을 쳤어. 그 모습을 본 대감이 종을 불렀어.

"너 뭐때무로 이 쪼매난 아하고 싸우노?"

"아, 그런 거 아이래요. 웬 쪼매난 아가 들어와서는 앵두를 따서러 한 찰대 때리이 되레 양반이라꼬 야단을 치니더."

대감이 어린 번암에게 물었어.

"그래? 야야, 니 어데 사노?"

"예, 이 동네에 살아요."

"그래? 그러만 니 남의 앵두는 와 따 먹노?"

"먹고 싶어 따 먹었지요."

"그래, 니 양반이라 카마 글 지을 줄 아나?"

"양반이 글 못 지을까요. 지으라면 짓지요."

"그마 글 한 귀 지어 봐라."

"운자를 내시오."

"운자를? 그리, 니가 앵두를 따 먹으로 들어 왔시이 붉을 홍紅, 가운데 중中, 바람 풍風!"

대감이 운자를 불러 주니 어린 아이가 대번에 글을 짓기 시작했어.

"박씨네 뒤안 앵두가 스스로 붉었네朴焉櫻桃 耶自紅. 내가 먹고 싶어서 들어왔노라我欲食之 入焉中. 어느 아내가 문에서 기다리다

꾸짖네焉妻大怒 待門誹. 아이가 못 먹을 기라면 차라리 바람이나 불어 떨어지면 좋겠노라嬰兒不食 寧落風."

"아이고. 어느 집에서 아를 저래 잘 갈칬노? 야야, 니 내한테 글 좀 더 배아라배워라. 글고 그 앵두는 니 다 먹어라."

"어머니 드릴 겁니다."

"니 모친은 따다 주께 니 먹어라."

번암은 대감집에서 몇 해 동안 글을 배웠어. 번암이 생각해보니 몇 해 동안 너무 신세를 진 듯해서 어머니에게 말했어.

"남의 신세를 너무 지면 갚을 수가 없으니 그나마 덜 졌을 때 떠나지요."

번암 모자는 그렇게 그 마을을 떠났대._예천군 개포면

1-7. 소년 채번암②—어머니의 묏자리

번암 모자는 서울 못 미치는 동네에 자리를 잡았어. 그 동네에서 삼 년을 더 살다가 번암의 어머니가 돌아가셨지. 어머니의 묘를 써야 하는데 그 동네 산에는 혜경궁 홍씨의 아버지 홍봉한 대감이 가묘를 써 놓아 어떻게 할 수가 없었어. 번암은 홍 대감을 찾아갔어.

"홍 정승 집에 계시오? 요새 이 사람이 정치를 제대로 못 한다 하던데."

홍 정승댁 종이 이 소리를 듣고 혼을 내며 번암을 막았어.

"아, 내가 정승을 보자는데 왜 못 보게 막느냐?"

그때 홍 대감이 나왔어.

"날 보러 왔다고? 그래 무슨 일로 보러 왔는가?"

"예, 말씀 드리지요. 다른 말씀 드릴 건 없고 댁에 『대전통편』이 있지요? 그거 좀 보러 왔습니다."

"그래? 알았다."

대감은 하인을 시켜서 몇 권이나 되는 『대전통편』을 가져다 주었어. 번암은 손가락에 침을 한 번 묻히고는 보는지 안 보는지 책장을 계속 넘겼어. 다 넘기고 나더니 대감에게 책을 넘겼어.

"『대전통편』 한 질을 다 봐도 산 사람 뫼 터로 쓰라고 죽은 사람 못 쓰게 하는 법은 없습디다!"

"아, 그렇지! 그런 법은 없지!"

"그러면 죽은 사람 묘로 써도 되지요?"

"되지!"

그 말을 듣고 번암은 물러 나왔어. 그리고 어머니 장사를 지내기 위해 산으로 올라갔어. 홍 대감의 산지기들이 번암을 보고 버럭 소리를 질렀어.

"저놈의 자식이! 산도랑 한쪽 구석이나 밭둑 밑에 묘를 쓸 것이지, 여기가 어디라고 감히! 여기는 홍 정승이 신위주묘 터 잡아 놓은 터야. 이놈의 자식을 그냥! 대번에 포도청에 넘겨서 옥에 가둬 버려야겠군."

듣도 보도 못한 사람이 장사를 지내러 왔으니 산지기들은 야단이 났어. 이 소식을 홍 대감까지 알게 되었지. 홍 대감이 나와서 산지기들을 혼내며 말했어.

"이놈들! 천하의 고얀 놈들! 포도청이면 너희 포도청이겠느냐? 나라의 포도청이다. 시끄럽다!"

그리고 번암에게 말했어.

"너는 가서 장사를 지내라!"

번암은 어머니를 장사를 지내고 난 뒤 거적을 들고 홍 정승 집에 찾아갔어. 문 앞에 거적을 펴고 앉아 엎드렸지. 그리고 잘못을 빌었어.

"어머니 장사를 지냈으니 이제 제가 죽을 때가 되었습니다. 제가 잘못이 많으니 죽여 주십시오."

홍 대감이 나와서 말했어.

"그럴 필요없다! 산 사람이 쓰자고 봐 놓은 묏자리 아니더냐? 당장 죽은 사람에게 안 주는 것이 말이 되겠느냐? 『대전통편』에도 그런 법은 없다 하지 않았느냐? 기특한 사람이구나. 내가 나중에 쇠할 때가 있으면 그때 날 좀 잘 봐주게. 자 들어가세!"

"제가 그럴 때가 있겠습니까?"

그런데 정말 나중에 홍 정승이 죽음에 처한 일이 있었는데 채번암이 큰 벼슬을 해서 홍 정승을 살려 주었대. 세상이 다 아는 일이야._예천군 개포면

1-8. 청년 채번암 이야기

채번암이 젊었을 때의 일이야. 이종사촌과 함께 과거를 보러 가게 되었대. 이종사촌은 서울 가는 길목에 살고 있어서 번암을 기다렸어. 그런데 번암이 너무 늦자 기다리다 못한 사촌은 먼저 가 버렸대. 번암은 '가다 보면 만나겠지.' 하면서 뒤따라갔대. 한참을 가다가 목이 말라서 주막에 들어갔는데 웬 사람이 오더니 이렇게 말하더라는 거야.

"저 위 주막에서 한 과객이 주인에게 큰 봉욕을 당해서는 그 주인장하고 말다툼을 하다가 한 차례 건드렸는데, 재수가 없어 그랬는지 주인이 죽어 버렸소. 관청이 머니 사람들이 과객을 도장방골방에 가둬 놓고 내일 넘긴다 하네요."

그 말을 들은 번암은 생각했어.

'암만해도 사촌이 탈을 당한 것 같구나.'

그래서 따르던 종을 시켜서

"얼른 가 보아라. 가서 도대체 어찌 됐는지, 얘기를 좀 들어 보고 오너라."

종이 갔다 오더니 이렇게 말했어.

"사람은 죽은 거 같고요. 마당에는 불을 켜 놓고 동네 사람들이 죽 둘러 앉아 있고, 주인 마누라는 방에 앉아 울고 있십니더."

종의 말을 듣고 곰곰이 생각하던 번암이 말했어.

"너, 내 말 좀 들어 줄 테냐?"

"아이구, 상전님하고 같이 다니는데, 상전님 말을 안 듣고 뭔 말을 듣겠십니꺼?"

"그러면, 가서 내가 시키는 대로 하거라!"

번암이 종을 데리고 그 집에 가서 광창으로 가만히 들여다보니 여자가 방 안에 혼자 앉아 있었어. 번암이 광창으로 바람을 후루룩 불어 넣으니 방 안의 불이 그만 툭 꺼져 버렸지.

"아이코메야!"

불이 꺼지니 여자는 놀라서 벌떡 일어나서 밖으로 나갔어. 아마 불을 붙이러 간 모양이야. 번암은 냉큼 방에 들어갔어. 그리고 주인의 시체를 빼내어 창으로 종에게 내어 주며 말했어.

"이것은 어디 가서 잘 묻어 주어라!"

그리고 번암은 시체가 있던 자리에 가서 드러누웠어. 조금 뒤에 밖에 나갔던 여자가 불을 붙여서 들어 왔어.

"아이고, 아이고!"

여자가 울고 있는데 시체를 덮어 놓았던 삼베 이불이 막 흔들리지 뭐야.

"아이코메야!"

여자는 또 놀라서 밖으로 뛰쳐나갔어. 그리고 겁이 나서 들어오지도 못하고 마당에 서 있었어. 번암은 삼베 이불을 덮어 쓴 채로 벌떡 일어나서 방을 한 바퀴 빙 돈 다음, 밖으로 나왔어. 갑자기 시체가 걸어서 나오니 마당에 있던 사람들이 깜짝 놀랐겠지. 그리고 다들 겁이 나서 그 자리에 얼어붙어 버렸어. 그중에 간담이 제일 센 사람이 나서며 말했어.

"내가 저 시체를 붙잡겠다!"

하지만 그러고도 감히 대들지는 못하고 보고만 있었지.

"에이, 오늘 고양이가 지붕을 타 넘었나, 무슨 부정을 타서 이런 일이 생기노?"

그 사람은 시체를 붙잡지는 못하고 딴소리만 해댔어. 번암은 '이때다!' 하고는 삼베 이불을 벗어던지고 후다닥 그 집을 뛰쳐나왔지. 이 광경을 본 사람들은 시체가 살아서 나갔다고, 부정을 탔다고, 야단법석이 났지만 아무도 시체를 따라 가지는 못했어.

다음 날 아침, 번암은 느지막이 그 주막에 가 보았어. 사람들은 여전히 모여서 수군수군하는데, 번암이 물었지.

"이 집에 왜 이리들 모두 모여 있소?"

"당신은 알 것 없소!"

"아이, 그래도 좀 가르쳐 주구려."

"어제 과객 하나가 이 집 주인하고 말다툼을 하다가 손을 한 차례 댔는데 그만 주인이 죽어 버렸소. 그래서 과객은 저기 가둬 놓았는데 글쎄 그 주인의 시체가 걸어서 집을 나가 버린 거요."

그 말을 듣던 번암이 갑자기 소리를 질렀어.

"여봐라! 여봐라!"

번암의 소리에 종이 달려 왔어.

"이놈들을 당장 묶어라! 이놈들이 과객들을 털어먹으려고 말을 지어내는구나! 시체가 살아서 걸어 나가는 법이 세상천지 어디 있다 하더냐!"

종놈이 신바람이 나서 사람들을 막 두드려 패려고 하니 사람들이 모두 도망가고 몇 명만 남았어.

"그 과객은 어디 있느냐? 내 들여다봐야겠다."

번암은 이종사촌이 있는 방에 가서 문을 열고는 눈짓을 하며 말했어.

"아이구, 참 고생 많으셨소. 이리 나오시오. 이놈들이 전부 과객꾼을 털어먹으려고 한 짓이지. 세상에 죽은 사람이 살아서 나가는 법이 어딨소? 이리 나오시오. 이놈들 전부 관아에 고발해서 옥살이를 시켜 버립시다!"

이렇게 엄포를 놓으니 사람들이 싹싹 빌면서 말했어.

"아이고, 잘못했습니다. 살이 껴서 그랬는지 사람이 죽기는 죽었는데, 살아서 나가니 참 이상한 일이라서요."

번암은 그렇게 사촌을 구하고 그 집을 떠나왔어._예천군 개포면

1-9. 최 부자가 사위 본 이야기

경주 최 부잣집에서 사오 리 떨어진 근방 마을에 어떤 총각이 홀어머니를 모시고 살았어. 나이가 삼십 즈음 된 노총각이었지. 운 좋게도 총각에게 중매가 들어와서 장가를 가게 되었어. 혼인 날짜만 기다리고 있는데 혼인 전날 갑자기 신붓집에서 퇴혼하자는 편지가 왔지 뭐야. 장가간다고 최 부잣집에서 사모관대까지 빌려다 놓았는데 못 가게 된 거야. 총각은 귀한 사모관대를 못 쓰게 된 것이 너무나 안타까웠지. 하지만 어쩌겠어. 사모관대는 주인에게 돌려주어야 할 듯해서 총각은 해 질 무렵이었는데도 사오 리 길을 걸어서 최 부잣집에 도착했어. 그런데 늦은 시간이라 대문이 잠겨 있는 거야. 다시 돌아가기도 그렇고 해서 대문 앞에 주저앉았다가 그새 잠이 들었어.

그때 자고 있던 최 부자가 꿈을 꾸었는데 자기 집 대문 앞 담 밑에서 청룡, 황룡이 똬리를 풀면서 등천하려고 몸부림을 치고 있는 거야. 이 구경을 하다가 잠에서 깨어났어. 깨어나 보니 새벽이 밝아 오고 있었어. 주인이 종을 불렀어.

"여봐라. 니 어여 대문 앞에 나서 봐라. 나가 보고 혹시 대문 앞에 사람이 있으마 여 데리고 오니라."

종이 대문 앞에 나가 보니 정말로 웬 총각이 자고 있는 거야. 종은 총각을 깨웠어.

"왜 이라노? 왜 여 와서 자노?"

"아이, 그런 게 아이고. 내가 어제 퇴혼을 당해서 말입니더. 이 댁서 빌린 사모관대를 갖다 드릴라고 왔소."

"그래? 어예께나 여게 들어오라고."

총각이 집 안으로 들어가니 최 부자가 자길 기다리고 있는 거야. 최 부자는 총각을 찬찬히 살폈어. 사람이 그럴듯해 보였어. 크게 될 사람인 게 분명해 보였지. 그래서 동생을 불렀어.

"형님, 머 할라꼬 이래니껴?"

"여 앉거라. 여 앉아 있는 이는 내가 불러서 앉혀 놓았다. 니 딸아이가 열너덧 살 안 먹었나? 야를 우리 사우사위로 보자. 아무래도 장래에 귀하게 될 사람 같다."

이 말을 듣고 동생이 화가 나서는

"왜 날보고 사우 보라고 하우? 그 카지 말고 형님이 사우 보이소, 야?"

"동생을 생각해서 불렀는데 그라먼 할 수 없지."

최 부자는 할 수 없이 총각을 집으로 돌려보냈어. 그리고 머슴들 중 우두머리를 불러서,

"오늘 장에 가서 장에 나온 물건을 모두 사오너라. 그라고 집을 하나 사서 그것을 쌓아 두고 오이라."

최 부자는 다시 총각을 불러서 말하기를,

"내가 집을 새로 사 놓았으니 그곳에 들어가서 손톱 발톱 깎고 몸을 깨끗이 하고 아무것도 하지 말고 머물다가 오이라."

총각이 시키는 대로 하고 최 부자에게 다시 오니, 최 부자가 책을 방 안에 들여다 놓고 글을 가르치네. 그러더니 얼마 안 있어 딸과 혼인까지 시키는 거야. 최 부잣집에 장가를 간 총각은 공부를 아주 열심히 했어. 얼마쯤 지나니 글재주가 터져서 과거까지 보러 갔어. 그런데 이 사위가 장원급제를 했대. 나중에 최 부자 동생이 이 사실을 알고 후회를 했다는구먼.

"내가 사우를 볼 낀데…." 하면서 말야._영덕군 달산면

1-10. 당당한 정수동

정수동이란 사람은 양반이 아닌 중인이 있었어. 그런데도 시를 잘 짓는 사람이었다나 봐. 그래서 양반들 하고 잘 어울렸는데, 하루는 양반들과 정수동이 한 자리에 주욱 모여 앉았어. 대감 한 사람이 질문을 던졌어.

"이 세상에서 젤 무서운 것이 무어냐?"

정수동이 이렇게 대답했어.

"호랭이도 무섭고 사자도 무섭고 다 무섭지마는 양바이 제일 무섭십니더."

"그래? 양반이 어예 가지고 제일 무섭노?"

"호랭이하고 사자 이런 짐승은 만내면 고마 피해가믄 뒤에 걱정이 없는데 양반은 닥치믄 뺏어 먹고, 또 달라 카믄 또 주어야 하이, 이거 무서운 거 아이요?"

정수동이 그렇게 솔직했어. 그때 양반들이 남의 살림살이 다

뺏어 먹고 살았으니 틀린 말은 아니지._예천군 개포면

하루는 정수동이 대감들과 앉아서 시를 짓고 있었어. 시제를 내놓으니 정수동은 시를 금방 짓고는 술이 있는 도장방골방에 들어갔어. 대감이 친구들이 모인다고 술을 빚어 놓았거든. 정수동이 도장방에 한참을 있더니 술을 혼자서 다 마셔 버렸어. 다른 대감들도 시를 다 짓고는 술을 한잔씩 하려고 도장방에 들어가니 글쎄 정수동이 몽땅 마셔 버린 거야. 그러고는 쿨쿨 자고 있지 뭐야. 주인 대감이 화가 나서 흔들어 깨웠어.

"이 사람아. 열 사람이 마시라꼬 술 두 말을 갖다 놓았디만, 어예 혼자 다 마시 뿌랐노?"

정수동이 눈을 비비며 일어나서 술이 덜 깬 목소리로 말했어.

"대감! 그기 아이고, 두 말 중에 한 말은 술로 마시고 한 말은 안주로 마신 깁니더. 술 두 말을 다 마신 게 아닙니더."_예천군 개포면

1-11. 잡보 방학중

옛날에 방학중이라는 사람이 선비들을 따라다니며 잡보잡된 사람을 놀림조로 이르는 말 행세를 많이 했대. 옛날 영남 선비들이 서울에 과거 보러 올라갈 때는 안동을 거쳐서 가면 가까웠거든. 선비들이 문경새재를 넘어가기만 하면 방학중이 그 뒤를 졸졸 따라갔어. 선비들이 가만히 생각해 보니 방학중이를 데리고 다니면 여비가 많이 드는 거야. 그렇다고 돈도 안 주고 술도 안 받아 주면 행패를 부리고 대들고 하니 머리를 모아 따돌릴 계획을 세웠지.

오뉴월 어느 날이었어. 녹음이 우거진 더운 여름날이었지. 가다 보니 큰 고목나무 밑에서 한 아낙이 바느질을 하고 있었어. 선비들은 이때가 기회라고 생각했지.

'저놈을 여서 떼어 놓고 갈 수밖에. 그러나 저놈 재주라도 한번 보자.'

선비들이 방학중이를 불렀어.

"니 벌건 대낮에 저 고목나무 밑에 바느질하고 있는 부인한테 가가 일 한 번 추고저지르고 올라올래?"

"그러지요. 그게사 머 어렵겠소. 그럼 우얄 낀데요?"

"그래. 만약 니가 일만 추고 온다 카면, 서울까지 술대접 잘해 가주고 갔다가 다부도로 데리고 내리오꾸마."

"그럼 그래지. 머 문제 없어요."

선비들은 멀리서 바라보기로 했어. 방학중은 아낙에게 다가가서 방석 위에 앉으며 넌지시 말했어.

"아이고 참, 먼 길을 오다 보이 다리도 아프고 하이, 조끔만 여 앉아 쉬 갑시다."

아낙은 거절하기도 애매해서,

"예, 잠깐 쉬 가소."

방학중은 그 자리에 드러누웠어. 선비들이 멀리서 보니 영락없이 방학중이 아낙 옆에 드러눕는 것으로 보였지. 방학중은 옷감 옆에 있는 가위를 만지며 물었어.

"이걸 여기 말로는 머라 카는 가요?"

"가외라 캅니다."

"그래요? 우리 있는 곳은 이걸 씹씨개라 합니다."

방학중은 방석을 만지며 또 부인에게 물었어.

"이거는 여게 이름으로 머라 캅니까?"

"방석이라 캅니더."

"그래요? 우리 있는 곳에선 이걸 가주고 방석이라 안 카고 '하던 방석'이라 캅니다."

"그렇십니꺼?"

방학중은 가위를 방석 밑에 넣어두고 한참을 누워 있다가 그 자리를 떠났어. 부인이 재단하려고 보니 가위가 없는 거야. 부인은 방학중을 따라와서 불러 세웠어.

"보소! 보소!"

"와 그래십니꺼?"

"그 씹씨개 우쨌소?"

"아, '하던 방석' 밑에 안 있소?"

"예, 예, 알았십니더."

방학중이 부인과 말을 그렇게 주고받으니 선비들은 방학중을 서울에 데리고 가 잘 먹이고 데려올 수밖에 없었대._영덕군 강구면

방학중이 잡보는 잡보라. 그게 서울까지 소문이 났어. 그래서 서울 잡보 한 사람이 영남 방학중이 잡보 중의 잡보라는 소리를 듣고 문답을 하려고 내려 왔어. 서울 잡보와 영남 잡보 방학중이 그렇게 만나게 된 거야.

서울 잡보가 먼저 물었어.

"여보, 말 좀 물읍시다."

"먼 말이요?"

"오늘 아침에 빨랫돌이 바람에 날아갔는데, 어디 가 있는지 알겠소?"

방학중이 능청스레 대답했어.

"그렇구나! 내가 오늘 아침에 나오다 보이, 저 거무줄거미줄에 서답돌빨랫돌의 경상도 방언이 걸려 있더만 그게 그거로구만." _영덕군 강구면

방학중이 길을 가고 있는데 웬 부인이 조그만 무덤 앞에 앉아 대성통곡을 하고 앉아 있었대. 방학중은 부인에게 가서 물어보았어.

"이 양반아! 왜 이렇게 섧게 우는기요?"

"하이고, 말도 하지 마소. 삼대독자 외동자식이 댓 살 묵었는데 고마 죽어 부렀소."

방학중이 그 소리를 듣고는 그 옆에서 똥을 싸더니 엉엉 울어 대더래.

이번에는 부인이 물었지.

"당신, 왜 그래 우요? 길 가다가 와 그라요?"

"아이고, 여보소! 말도 마소! 당신은 그래도 오 년이나 길러가 죽으니까네 분키나 덜하오. 나는 금방 저기 놓은 똥이 이양이왕 놓자마자 죽었다꼬. 그이 내가 더 답답지 당신이 더 답답소?" _영덕군 강구군

1-12. 임진왜란은 끝났소! 돌아가시오!

명나라의 이여송이 조선에 왔을 때야. 이여송은 임진왜란이 끝났는데도 명으로 곧장 돌아가지 않고 명산의 혈穴들을 많이 찌르고 다녔대. 우리나라에 장수가 날까 봐 말이야. 그것을 어떤 초립동이 보았지. 초립동은 키가 작고 나이가 젊은 사람이었는데 범상치 않은 귀인이었더래.

어느 날 이여송이 군사를 모아 놓고 호령을 하고 있는데 초립동 한 명이 노새를 타고 그 앞을 지나가는 거야.

"이런 방자한 놈이 있나? 저놈 잡아라!"

이여송의 고함에 병사들은 당장에 초립동을 잡으려고 달려갔어. 초립동은 노새를 타고 가고 있었는데 병사들이 아무리 말을 타고 달려도 따라가질 못했어.

"아이고, 장군님. 아무리 따라가도 못 따라가겠습니다."

"그래? 그럼, 내가 직접 가지."

이여송이 온힘을 다해 달렸지만, 노새는 따각따각 앞서 갈 뿐이었지. 엄청난 속도로 말을 내몰았는데도 노새를 추월하기는 힘들었어. 아무리 따라잡으려고 해도 안 되는 거야. 이여송이 지쳐서 헉헉거리고 있는데 초립동이 노새를 갑자기 멈추게 하더니 냅다 소리를 질렀어.

"네 이놈! 이여송아! 니가 할 일을 다 했으믄 니 고국으로 돌아가면 될 일이지 와 우리 땅 혈을 찌르고 다니면서 남을 해코지 할라카노. 오늘 이 시간 이후부터 그런 짓 하믄 넌 내 손에 모가지가 날아간다. 빨리 가거라!"

이여송이 들어 보니 기가 찰 노릇이야. 그래서 칼을 뽑아 들고 말했어.

"뭐, 이놈아? 내 칼 받아라!"

하고, 소리를 지르며 칼을 내리치니 초립동이 책대대나무로 만든 가는 장대로 딱 받는 거야. 그런데 아무리 힘을 주어 칼을 내리쳐도 칼이 들어가질 않아. 그때 초립동이 갑자기 책대로 이여송을 내리쳤어. 이여송이 생각해 보니 까딱하면 맞아 죽을 판이라,

"아이고, 잘못했다!"

이렇게 싹싹 빌고, 그 길로 바로 명으로 돌아갔대. _영천시 신녕면

1-13. 꾀쟁이 정만서

경주에 정만서라는 사람이 있었어. 하루는 길을 가다 갑자기 똥이 마려웠어. 할 수 없이 어느 집 대문을 두드리며 주인을 찾았어. 안주인이 나왔어.

"우야께나 내가 대변이 보고 싶은데 돈을 줄 모양이니 대변 좀 보자고여."

돈 이십 전을 주고 변소에 급하게 들어갔어. 그런데 한번 변소에 들어 간 사람이 나오지를 않지 뭐야. 낮이 되고 해가 저물어도 나오지를 않는 거야. 주인은 오줌도 마렵고, 대변도 보고 싶고 한데, 아무리 애원해도 안 나와.

"얼릉 나오라!"

"아, 내가 오늘 이 변소 샀소. 오늘 내가 변소를 샀시이 이 밤 자정까지 내끼요!"

참지 못한 주인이 말했어.

"내 그 돈 다부도로 내 드릴 모양이니 우예끼나 나오라고."

정만서는 이십 전에 이십 전을 더 보태어 사십 전을 받아 가지고 그 집을 나왔대. _ 월성군 내남면

봄날에 목은 마르고 술값이 한 닢도 없었던 정만서가 마누라에게 말했어.

"여보, 마누라! 마, 오늘 죽그라!"

"하이고, 여보소, 이 양반아! 세상에 성은성한 사람이 우예 갑자기 죽노?"

"마, 내 시킨 대로 죽그라!"

허허! 정만서의 마누라는 남편의 명령을 거역을 못해서 죽은 형용을 하고 누웠어. 정만서는 누운 마누라를 염하듯이 묶어 놓고는 병풍을 쳤어.

"에이고, 에이고! 에이고!"

"저거, 정만서가 와 저카노? 또 어느 놈을 골아골려 줄라꼬 저카고 있노?"

정만서가 울고 있으니 친구들이 정만서의 집을 지나다가 들어왔어.

"아이고, 이 사람들아! 그꾸 마래이그런 말 하지 마라. 간밤에 마누래가 죽었대이."

하, 가만히 보니 정말로 마누라를 끈으로 묶어서 병풍 너머에 눕혀 놓았어. 친구들은 참말로 아내가 죽었는가 싶어서 정만서가 불쌍한 마음이 들었지. 그래서 하루 종일 한 냥, 두 냥씩을 모아서 정만서에게 주었어. 그렇게 모은 돈이 꽤 많아지자 정만서는 마누라에게 말했어.

"인자 일나그라! 이만 하만 마 몇 달 술값이사 넉넉하다!"

마누라는 벌떡 일어났어. 정당하게 번 돈은 아니었지만, 돈이 들어오니 정만서의 아내도 좋아서 쌀 사다가 밥을 하고, 고기 굽고 야단을 부렸어. 아! 그런데 친구들은 가다가 왠지 미심쩍은 마음이 들었지. 그래서 다시 돌아와 슬그머니 정만서의 집 안을 살펴보았어. 그랬더니 이게 웬일이야! 죽었다는 마누라가 부엌에서 밥하고 고기 굽고 야단이 난거야. 친구들은 당장에 집 안으로 들어갔어.

"하이, 이 사람아! 마누래 상처했다 카디마는 저 정재부엌에서 밥하는 이는 누고?"

"하이고, 이 사람들아! 내 얘기를 들어 보라고."

"그래, 머꼬?"

"아이고, 이 사람들아! 만개만고(萬高)에 누가 있나? 혼자 밤을 보내고 있는데 병풍이 타라라닥 하더니 숨 터지는 소리가 '타앙!' 카더라. 그러이 마누라가 살아나는 걸 다부도로 죽이나? 우야노?"

"에라이! 이 도적놈아!"_월성군 현곡면

정만서가 많이 아파서 몸져누워 있었어. 아버지가 그러고 있으니 아들이 걱정이 되어 찾아왔지. 아들 내외는 눈물을 흘리며 슬퍼했어.

"아부지, 이래가 어떻게 하겠십니꺼?"

"야! 이놈우 자슥들아! 걱정 마라. 나도 죽는 기 처음이니 알끼 뭐꼬? 죽어 봐야 알제."_월성군 현곡면

2부

신난다! 머슴들의 세상

2-1. 은혜 갚은 하인의 아들

안동 땅에 고약하기로 소문이 자자한 한씨라는 양반이 살았대. 이 양반이 며느리를 볼 때가 되어서 하루는 하인을 불러 말했지.

"곧, 대사가 있을 것이께 장에 가서 잔치 치를 물건들을 사서 오니라!"

잔칫날이 점점 다가오던 어느 날, 이 하인은 갑자기 배앓이를 하는 바람에 꼼짝을 못하게 되었어. 바쁜 와중에 하인에게 일을 시키지 못하게 되자 양반은 화가 머리끝까지 치밀어 올랐어.

'저놈이 상전의 명을 거역하고 거시기하이 내가 저놈을 반드시 쥑이야 한다.'

이렇게 속으로 작정을 했대지 뭐야. 하인도 주인의 마음을 알아챘는지,

'내가 상전의 명을 거역했으이께 불원간에 죽을 수도 있겠구나! 내가 가마이조용히 야반도주를 할 수 밖엔 없다.'

그러고는 그날 밤에 혼자 도망을 쳐 버렸어. 며느리를 들이는 잔치를 치르고 난 뒤, 양반이 곰곰이 생각해 보니 도망친 하인이 괘씸하기 그지없는 거야. 그런데 이 하인에게는 만삭이 된 아내가 있었어.

'하인놈이 도망을 가 버렸으니 내 저 종년이라도 쥑이 뿌야 되겠다!'

이렇게 생각하고서는 만삭이 된 하인의 아내를 창고에 가두어 버렸어. 하인의 아내가 생각하니 자신의 처지가 막막하기 그지없거든. 그래서 소리 내어 엉엉 울었대. 울음소리가 어찌나 컸던지 이 집에 새로 들어온 신부가 그 소리를 듣게 되었어.

'참, 이상타! 무슨 일이지? 여게 무슨 곡절이 있는 게 분명하구만은!'

신부는 가만히 울음소리를 따라가 보았어. 아니나 다를까 울음소리는 창고에서 새어 나오고 있었어. 그녀는 창고 앞에서 만삭의 하인 아내에게 물었지.

"웬 사람이 여서 갇히서 우느냐?"

"뉘십니꼬?"

"나는 이 집에 새로 온 사람이라."

"아! 그르만 애기씨래요?"

"그렇다!"

"저는 이집 종년인데요, 지 남편이 상전의 명을 거역해 가지고 야반도주를 했심더. 주인님께서 대신에 저를 쥑일라고 이래 가두었어요. 그런데 지 뱃속에 아가 있어요. 이 아가 불쌍해서 웁니다."

"그래? 아무리 양반의 명령이 거식하지마는 자기 집에 부리던 종을 쥑이는 것은 너무 과하구만은."

그러고는 열쇠를 어디서 찾았는지 찾아서 문을 열고는

"나오라!"

하더니 돈까지 주며,

"니가 여 있으면 죽을 터인께 어데로 가든지 생명을 보존하고 살아라. 사람이 이래 쉽게 죽으면 안 된다."

하인의 아내는 살 생각에 마음이 바빠 고맙다는 말도 못하고 도망을 갔지. 그리고 강원도 즈음 가서 얼마 지나지 않아 아들을 낳았어. 그 아들이 조금씩 성장해 가자 하인의 아내는 아들에게 말했어.

"안동에 있는 양반집에 가서 새아씨에게 언제든지 은혜를 갚아야 한다. 은혜를 부디 잊지 않아야 조이[좋게] 된다."

어머니가 종이니 아이도 열댓 살이 되어서까지 남의 집에 종노릇을 했어. 그러니 출세를 할 길은 없었지. 아이는 생각했어.

'이래 가지고는 내가 출세가 어렵겠다. 어데 절간에라도 드가

가지고 공부를 해서 중이라도 되자!'

그 길로 속리산에 가서 지리地理 공부를 많이 해서 유명한 대사가 되었어. 몇 해가 흘러 하인의 아내는 죽었어. 죽으며 아들에게 유언을 남겼는데,

"안동 땅 새아씨 은공을 꼭 갚아야 된다이."

어머니의 유언을 잊지 않은 대사가 안동에 와 보니 고약했던 양반의 집안이 쫄딱 망해 버렸어. 대사는 자신의 어머니를 도망시킨 부인을 찾았지. 사람들이 말했어. 그 부인에게 아들 형제가 있는데, 아들 형제는 열서너 살 정도로 어리고 부인은 이미 죽어 그날이 상여가 나가는 날이라고 말이야. 대사는 그 부인의 빈소에 들어가 섧게 울고는 아들 형제에게 그동안의 자초지종을 자세히 이야기 해주었어. 그러고는,

"내가 상주 땅에 좋은 명당을 봐 두었으니 거기에다 장사를 지내자!"

라고 하였어. 어린 상주들이 대사의 말을 믿고 상주 땅에 어머니를 장사 지냈어. 장례식을 마치고 나서 대사는 어린 상주들에게 말했어.

"이 터가 아주 좋은 명당이다. 앞으로 너희들의 장래가 잘 풀릴 거이다."

그러고는 홀연히 사라졌지. 그리고 또 몇 해가 흘러 아들 형

제는 훌륭히 성장을 해서 과거를 보러 갔지. 당연히 둘 다 등과를 했어. 시간이 흘러 두 사람 모두 정승까지 되었대. 그중 큰 아들이 광원이고 둘째는 광근이라는 이름을 가졌지. 그리고 흘러오는 이야기에 의하면 그 대사가 바로 남사고南師古라는 이름난 풍수가였대._예천군 풍양면

2-2. 그 머슴 복 터졌네!

어린애가 한 명 있었어. 이 애가 일찍이 부모를 모두 잃고 갈 곳이 없어서 남의 집에 가서 한 십여 년 머슴살이를 했어. 성장을 하니 주인집에서 새경을 조금씩 주었지. 이 아이가 자라 나이가 스물 정도 되었어.

'에이, 내가 이거 평상 남의 집에 살아 가주고 뭘 하겠는가. 난도 사람이 난다 카는 서울 가서 한번 살아 봐야겠다.'

그러고는 그동안 모은 돈을 가지고 머슴살이하던 집을 떠났지. 서울에 가 보니 생각 같지 않은 거야. 천지에 할 일도 없고 돈도 다 떨어졌어. 도저히 어떻게 할 도리가 없었지. 그래서 도로 내려오기로 마음먹었어.

'촌놈은 할 수 없구나. 에이, 고향에 가서 다시 잘 사는 방법밖에 없구나.'

이런 생각으로 내려오기는 했으나 돈도 없고 밥도 못 먹고 잠을 잘 데도 없으니 터들터들 걷고만 있었어. 그렇게 걷고 있는데 좋은 기와집이 하나 보이는 거야. 좋아라며 냉큼 들어갔어. 들어가서는 소리쳤어.

"주인 계십니까?"

그러자 한 오십이 넘어 보이는 주인이 나오는데,

"우짠 사람이오?"

"지가 남의 집을 살아 봐야 희망이 없고 이래서, 사람이 난다는 서울이나 한번 가서 살아 봐야겠다 싶어서 갔는데, 돈 다 쓰고 여비도 없이 이래 며칠 굶어 가며 내려오는 길입니더. 천상 내 요기를 좀 부탁드려야 되겠소."

"그래? 들오너라."

방에 들어가니 밥상이 떡 하니 차려져 있는 거야.

"배고프나? 이걸 무라."

하루 종일 굶었으니 황새 고동 까먹듯이 후다닥 먹어 치웠지. 그러고는 주인이 잠이 드는 것을 보고 옆에 누웠어. 그런데 누워 있으니 딴 생각이 들기 시작했어.

'오늘 저녁밥은 먹었지만 내일은 어떡하지? 가마이 보니 이 집이 참 좋은데 뭐라도 훔쳐서 가야 되겠다.'

이런 나쁜 마음이 들고 만 거야. 주인은 그것도 모르고 코를 드르렁 드르렁 골면서 곯아떨어졌고. 바깥을 나가 두리번 두리

번 살피니 집 한쪽에 분통 같은 작은 방이 있는 거야. 방을 들여다보니 젊은 부인이 혼자 누워 자고 있었어. 순간 더욱 더 나쁜 마음이 일어났어.

'에이, 죽으마 죽고 살마 살고! 내가 이 부인을 한번 우예 해 봐야 겠네.'

하고는 방에 살그머니 들어갔어. 이 부인은 사실 이 집 며느리인데 남편이 죽은 지 보름 남짓 지난 상황이었지. 주인 영감은 아들이 죽은 뒤 너무나 원통해서 생명을 연명할 만큼만 먹던 터라 밥상이 방에 그대로 있었던 거야. 주인 영감이 자다 보니 옆에 자던 총각이 보이지를 않아. 그래서 집을 둘러보며 총각을 찾았지. 총각이 부인 방에서 부인 옷을 살살 벗기려는 찰나, 주인의 발걸음 소리가 들려 왔어. 그래서 총각은 얼른 방 밖으로 나와 마루 아래 납작 엎드렸어. 주인이 며느리 방 근처에 와 보니 방문이 활짝 열려 있고, 홑이불이 벗겨진 채로 며느리가 자고 있는데 며느리의 젖통이 보이는 거야. 주인이 그냥 보기가 민망해서 자기 눈을 가리고는 가지고 있던 담뱃대로 며느리에게 홑이불을 다시 덮어 주려는데, 그만 뜨거운 담뱃대가 며느리의 배에 닿고 말았어. 며느리가 깜짝 놀라서 벌떡 일어났어. 그러고는

"세상에! 자슥 잡아묵더니, 이런 나쁜 짓 할라고 자슥 잡아묵었어요?"

이렇게 시아버지에게 달려들었어. 아이고, 천지에 이렇게 억울할 데가 있을까? 아들 죽고 살 힘이 없어 죽고 싶었지만 그래도 죽을 때는 정정당당히 죽어야 할 텐데, 가풍은 지키고 죽어야 할 텐데…. 이렇게 수치스런 일을 뒤집어쓰고 죽어야 하다니 하늘과 땅을 쳐다보며 탄식만 나올 뿐이었지. 며느리는 그런 사정도 모르고 남편 죽은 설움이 복받쳤는지 악만 남아서는 시아버지에게 행패를 부렸어. 마루 밑에서 총각이 보고 있으니 기가 찰 노릇인 거야.

'내가 배가 고파서 저 밥을 못 얻어먹었으면 굶어 죽었을 낀데, 밥 먹고 힘이 나니 이런 나쁜 생각이 났고나. 에이, 나는 죽어도 좋다. 저 억울함을 풀어 주고 은혜를 갚아야 되겠다.'

이런 생각 끝에 얼른 마루 밑에서 뛰쳐나와서는

"어르신, 제가 죽을 죄를 지었습니다. 저녁밥을 다 먹고 나이 내일 여비가 걱정되어 도둑질을 할라고 나왔는데 젊은 혈기에 곱은고운 부인이 달빛 아래 자고 있으니 꽃겉이 보여서 이불을 벗기고 옷도 벗깄습니더. 나를 쥑이 주이소."

이러니 시아버지에게 악다구니를 부리던 며느리가 입이 쑥 들어갔어. 그때 주인이 말했어.

"아이고, 천지에 말이야. 자네가 숨어 뿌면은 내가 이 억울함을 꼽다시꼼짝없이 입고 죽을 낀데…. 그래, 니가 내 자식보다 낫다. 고마 우리 자슥자식 하자."

며느리에게는

"야야, 천생배필이 이 사람이다. 꽃 같은 며느리 넘 주기 싫다. 너희들이 이 재산, 이 집 다 가지고 고마 내 집에서 살자. 니는 내 아들하고, 니는 내 며느리로 그냥 살자."

그렇게 부부의 연을 맺어 주었는데, 참 잘 살더라네. 그 머슴이 복이 참 많은 이여. _달성군 화원면

2-3. 판서 사위가 된 머슴

예천에서 남의집살이하던 머슴이 있었어. 인물이 없어서 나이가 사십이 되도록 장가도 못 가고 남의집살이를 하고 있었지. 그래도 돈은 좀 모은 게 있어서 천 냥 정도 되었대. 그런데 당시에 서울 홍 판서가 육효를 잘 뽑는다는 소문이 있었어. 머슴이 평생 남의집살이만 하다 보니 그것이 너무 서러웠어. 그래서 이렇게 살 바에야 죽기 전에 홍 판서 집도 구경할 겸 그 집에 가서 주역 점이나 한번 뽑아 보자고 작심을 하고 홍 판서 집을 찾아갔어.

홍 판서 대문 앞에 떡 가서는 소리쳤어.

"홍 판서 집에 있소?"

"어떻게 왔느냐?"

"아, 홍 판서가 육효를 잘 뽑는다 그러기에, 육효 뽑으러 왔습니다."

"아, 그러면 돈 천 냥 가지고 왔는가?"

"예, 가지고 왔습니다."

"그래, 여기 놓게."

홍판서가 육효를 뽑더니,

"아니!"

하고 소리를 치더니 종들을 불러서

"얘들아! 이 사람 묶어라. 그리고 저 뒤 태복재태를 갖다 묻는 재에 갖다가 바짝 매달아 놓아라."

아니, 어이가 없었지! 전 재산을 갖다 바치고 이런 꼴을 당하다니 말야! 머슴은 기가 찼지만 꽁꽁 묶인 처지니 어찌할 도리가 없었어. 밤나무에 바짝 매달아 놓으니 정말로 죽을 지경이었지. 게다가 비까지 부슬부슬 내리는 밤이었어. 머슴은 그래도 살아 보겠다고 온몸을 비틀며 애를 썼어. 죽으라는 법은 없나 봐. 끈이 툭 끊어지며 아래에 쿡 처박힌 거야. 한참을 처박혀 고생하고 있는데 어디선가,

"사람 살리소."

하는 소리가 들려.

'그 참 이상하다. 이 밤중에 와 이런 소리가 들리노. 뭔 소린지 한번 찾아보자.'

소리가 나는 곳으로 가만히 가 보니 상에 떡이 차려져 있고 널이 하나 구덩이 속에 들어 있는 거야. 얼른 널 뚜껑을 열어 보

니 웬 처녀가 한 사람 누워 있는 게 아니겠어.

"아이고, 사람 살리소. 사람 살리소."

머슴이 얼른 처녀를 구해 내서 들쳐 업고서 마을로 내려 왔어. 그리고 근처 주막에 가서 따뜻한 물을 먹이고 살려 놓았어.

"어데 사는데 이래 널 속에 들어 있소?"

알고 보니 이 처녀가 홍 판서집 무남독녀인데 손님천연두을 앓은 거야. 손님이 전염병이기도하고 꼭 죽은 듯이 보여서 애달프고 원통한 마음에 땅에 묻지는 못하고 널에 넣어 태복재에 갖다 놓은 거야. 그런데 그동안 처녀가 병이 다 나아 버렸어. 그 주막 주인이 이런 내용을 알고 판서집에 기별을 했어. 그 집에서 당장 달려왔지.

"누가 너를 이렇게 살렸느냐?"

"저분이 여기로 업고 왔습니다."

"그래? 그러면 우리 집으로 가자."

홍 판서는 딸을 살린 은인이니 괄시를 못하고 머슴을 먹여 살렸어. 그러던 중 딸이 혼기가 차자 혼인을 시켜야 했지. 어느 날부터 중매쟁이가 집을 들락날락했어. 그런데 딸이 이렇게 말하는 거야.

"저는 다른 데로 시집 안 가겠습니다."

"그러면 어디로 갈 테냐?"

"절 살린 사람이 따로 있는 데 제가 어디로 시집을 가겠습니까? 안 갑니다."

양반집에서 부끄러운 일이기는 하지만 딸이 고집을 부리니 홍 판서는 어찌할 도리가 없었어. 그래서 머슴이랑 약혼을 시켰어. 그러니 판서 친구들이 사위 보았다고 구경을 온 거야. 그런데 사위를 얼굴을 본 친구들이 흉을 보았어.

"아이고, 이 사람아! 어이 사위를 저런 사람을 보았는고! 좋은 사람이 널렸는데 저런 사람을 봤는고."

"이만저만한 사정이 있었다네. 죽은 사람을 살렸으니 그리 된 게 아닌가."

"허, 참. 그건 그렇지만. 그러지 말고 저놈은 치워 버리고 다른 데로 시집 보내게."

옆에서 자꾸만 이렇게들 권하니 홍 판서의 속에서도 자꾸 다른 마음이 일었어. 고민 끝에 사람이 하룻밤만 자면 죽는 흉가를 생각해 내었어. 머슴을 거기로 보내기로 했지.

"내가 집을 하나 사 놨는데 자네 그 집으로 가려나?"

"아이고, 가고말고요. 집까지 사 주시고 정말 고맙십니더."

"그러면 사위 혼자 먼저 가게. 하룻밤만 자면 내일 종들하고 딸을 보내겠네."

"하이, 좋습니더."

머슴이 그 집에 도착해 밤이 이슥해지도록 한참을 잤어. 그런데 고방다락에서 버석버석 하는 소리가 나는 거야. 머슴이 가 보니 고방 안에서 뭔가 누런 게 술술 흘러내리는 거라. 가만히 보니 이게 황금인 거야. 다음 날 아침에 날이 밝아질 때까지 머슴은 방 한가득 황금을 쌓아 놓고 기다렸어. 판서집 종들이 널을 들고 나타났지. 머슴이 죽었을 줄 알고 말야. 그런데 멀쩡히 살아 있으니 판서집 사람들은 깜짝 놀랐어.

"하이, 어서 오게. 여 시방 금이 이렇게나 많이 쌓였네."

죽은 줄 알았던 사람이 금을 방 한가득 수북이 쌓아 놓고는 기다리고 있지 뭐야. 알고 보니 그 흉가에서 죽은 사람들이 그 집하고 운이 안 맞아서 죽었던 것이지. 그런데 이 머슴하고 그 집이 운이 맞아서 금까지 얻게 된 거야. 머슴은 금을 팔아서 큰 부자가 되고 대감 딸이랑 평생을 잘 살더라네. 사실 말이야, 이 머슴의 점괘는 고생 끝에 홍 판서 사위가 된다고 나온 거였대.

_예천군 개포면

2-4. 양반집 며느리 살린 종

세밑이라 어느 대감의 집에서도 설 준비가 한창이었어. 대목이 되니 시어른이 장에 다녀왔어. 그런데 보통 장에 다녀오면 집에 있던 며느리가 문을 열어 주러 나오는데 며느리가 나오지를 않는 거야.

"거 참, 이상하구만은."

하고 방으로 가 보니 떡을 썰던 며느리가 앞으로 고꾸라져 있는 거야. 흔들어 보니 죽은 듯이 보여.

"아하, 이거 큰일 났구만. 설 대목에 며느리 장사를 치르게 되다니!"

며느리가 죽었으니 시어른은 할 수 없다 하면서 좋다는 비단으로 며느리 몸을 감고, 좋다는 패물을 다 넣어서 장사를 지냈어. 그런데 그 집에 있던 종이 그 패물이 탐이 났던 거라.

'아유, 나는 이키 못 사는데 죽은 사람이 저 패물을 저래 가주

가니라꼬!'

이런 마음으로 밤이 되기를 기다려 작은 괭이를 들고 산으로 올라갔어. 그리고 대감집 며느리 묘를 파기 시작했어. 묘를 쓴 지 하루도 지나지 않았을 때니 묘가 금방 쉽게 파헤쳐졌어. 묘를 파고 널 뚜껑을 여는데, 갑자기 시체가 몸을 '움찔' 하는 거야. 종이 깜짝 놀라서 그만 기절을 했어. 그러곤 다시 정신이 들었는데 눈앞에서,

"샌님네요."

하는 거야. 종놈이 생각해 보니

'아이고, 혼신이 원귀가 되어 나타났구나.'

종은 너무 무서워서 소나무 둥치를 끌어안고 엎드려 꼼짝도 못하고 염불만 외고 있었어. 그러다 보니 날이 새었어. 날이 새었으니 귀신이 갔을 거라고 생각했는데 웬걸, 와락 목에 매달리는 거야. 귀신을 자세히 보니 며느리가 살아 있는 게 아니겠어.

"아이고. 이기 어쩐 일이냐고요?"

사실은 그 며느리가 떡을 먹다가 떡이 목에 걸렸는데 장사 지내며 몸이 흔들리다 보니 목에 걸린 떡이 내려간 거야. 그 길로 종은 대감집 며느리를 모시고 집으로 돌아왔어.

"그저 지가 죽을 죄를 지었습니더. 한 번만 살리 주소. 그저 우예든동 한 번만 용서를 해주시소."

그때 시어른이 말했어.

"그럴 게 없다. 니 거 앉거라. 니 아이믄 우리 며느리가 못 살고 죽었을 끼다. 뫼를 안 팠으만 모를 끼 아이가."

그러더니 패물보다 더 많은 재산을 주는 거야.

"니, 잘살아라. 우리 며느리도 영 이 길로 죽는 줄 알았는데 살아왔으이 참 감사하다."

그래서 종도 잘살게 되었고, 며느리도 시어른 모시고 잘 살게 되었다고 그래. _예천군 개포면

2-5. 돌고 도는 돈①

윤 정승이라는 사람이 있었는데 마음이 아주 곧은 사람이었대. 그 집에 종이 하나 있었는데 이름이 박만순동이었어. 종으로 들어올 때 나이가 스무 살이었는데 예순 살이 될 때까지 종살이를 했어. 박만순동을 보면서 윤 정승은 생각했어.

'저 사람을 사십 년 동안 내 집에서 종살이를 시켰고나. 그만큼 있었고 나이도 많으이 고만 나가서 편하게 살그러 해주어야겠다. 내 집에서 맨날 종살이할 것 없으이.'

윤 정승이 종을 불렀어.

"박씨! 내가 벼슬은 했으나 재산이 많지는 않네. 하지만 내가 땅 판 돈 기천 냥이 있네. 자네가 늙어 죽도록 우리 집에서 종살이만 해서 되겠나? 내가 천 냥을 줄 터이니 순천이라 카는 데가 좋다고 하이 가주고 가서 땅을 잘 잡아서 살아 보게."

"아이고, 이 무슨 말씀이십니꺼? 죽어도 같이 죽고 살아도 같이 살아야지요. 지가 사십 년을 이래 모시다가 다른 데로 갈 수가 있겠습니꺼?"

"그렇찮애! 인제는 살림은 다 찌그러져 가고 내가 나이 많애 죽을 일만 남았으니, 좋은 데 가서 자리를 잡아서 잘 살라꼬! 내가 아들 하나는 있으이 괜찮다."

윤 정승이 그렇게 말하니 종이 도리가 없어서,

"그래지요."

하고는 전라도 순천에 가서 술도가를 차렸어. 박만순동이는 인심이 후하고 믿음이 있는 사람이라서 오 년이 지나자 큰 부자가 되었어.

박만순동이는 이렇게 잘살고 있는데 윤 정승댁은 가세가 점점 기울더니 윤 정승이 병까지 얻었어. 그러던 어느 날 윤 정승의 아들이,

"아바님, 병환도 있고 살기도 어려우이 전라도 사는 박씨에게 한번 찾아가면 어떻겠습니꺼?"

"아이고, 거는 가지 마라. 그 사람이 울 집에 있다 나갔는데 거 가면 돈 받으러 간 것맹키로 되이께이 가지 말라꼬!"

윤 정승은 한사코 말렸어. 하지만 아들은 돈이 다 떨어져 아버지 약을 더 이상 지을 수 없게 되자, 모친과 의논하여 박씨를 찾아갔어. 갔더니 박씨가 얼마나 반가워하던지,

"아이고, 안 그래도 한 번 가 볼라고 그랬는데 여가가 없어서 못 갔는데 잘 왔십니더."

하면서 암탉을 잡아서 대접을 잘해 주는 거야. 그렇게 열흘을 지내다 보니 병환이 깊은 아버지가 생각이 나서 아들이 박씨에게 말했어.

"인지 내리 가야지."

"아이, 더 노다 가시소."

"집의 형편이 그러이네. 아부지가 병이 들어 누워 계시는 거 보고 왔는데 오래 있을 수 없으이."

"하! 그것 참! 정 그러이만 그래 하이소."

하면서 박씨는 돈 천 냥을 말 등에 실어 주었어. 안 받으려고, 안 받으려고 사양해도 억지로 실어 주는 거야. 사실 아들은 속으로는 받고 싶은 마음이 있었어. 결국 돈을 얻어서 집으로 돌아가게 됐어. 금강이라는 곳을 지나오다 보니 노인 부부와 젊은 부부가 서로 물에 빠지려고 하더니, 또 서로 붙잡기도 하면서 난리가 났어. 아들이 말에서 내려서 물었어.

"아, 여게 보소. 뭐 때무로 서로 물에 빠지려고 하오?"

"아! 당신은 알 거 없당께. 그냥 가쇼!"

"아이, 그래도 좋은 일이 있을동 우예 압니까? 갈치 주소."

"아, 우리 아들이 원에서 일한디 공금 갖고 노름해 갖고 빚을 천 냥이나 져 부렀소. 내일 안 갖다 주믄 죽여 분다고 하요."

"그래요? 그러만 천 냥만 있으마 아들을 살리겠소?"

"그라제."

"내가 천 냥을 주께 아들을 살리소."

그러고는 가지고 있던 천 냥을 줘 버렸어. 그리고 집으로 돌아왔어.

돌아와서 모친에게 아버님 병환을 물었지.

"아부지가 어제껏 편찮다가 어제 저녁부터는 밥을 달라 그고 여상 예전매로 밥을 드신다."

아들이 가만 생각해 보니 금강을 지나올 때 그 사람들에게 돈을 주어 살려 놓은 것을 하늘이 알고 아버지 병을 낫게 한 것 같았어. 아버지에게 그 이야기를 했더니 윤 정승도 좋아했어.

"거 참, 잘 했다. 어제 언지쯤 그 돈을 줬노?"

"내려오다 줬십니다. 돈 천 냥에 사람 너이를 살렸습니다."

"그래 참, 잘했다. 어제 니가 돈을 준 뒤에 고만에 내가 병이 나았는 겝다."

윤 정승은 그렇게 말하면서도 속으로 '그 참, 이상한 일이다.' 했대._예천군 개포면

2-6. 돌고 도는 돈②

병이 나은 윤 정승은 몇 년을 더 살다가 죽었대. 아들은 아버지 묘 터를 찾으려 풍수가를 데리고 좋은 자리를 찾으러 다녔어. 그러다가 좋은 산을 찾았는데 그 산 아래에 주막이 하나 있었어. 풍수가가 말했어.

"배가 고프이 술이나 한잔 묵고 갑시다. 여가 뫼터는 좋은 거 같십니다. 대븐에 부자가 될 것 같은데 거 참 희한한 터입니다."

주막집에 앉아서 주인에게 술을 시켰어. 주인 여자가 윤 정승 아들 얼굴을 빤히 쳐다보고 나가더니 술은 안 가지고 오고 감감 무소식이야. '이게 무슨 일이지' 하며 기다리고 있으니 술꾼들이 다 나간 뒤에 주인 부부가 상을 떡 벌어지게 차려서 들어왔어. 그리고 윤 정승 아들에게 절을 하는 거야. 윤 정승 아들이 깜짝 놀라서,

"아! 어예 이러노. 당신들 날 아시오?"

그때 주인 여자가 말했어.

"우리 남편이 빚을 져 갖고 죽을라 한께, 그때 당신이 천 냥을 주고 갔소."

아들이 가만히 생각해 보니 그런 일이 있었어.

"맞아요. 그라고 보이 그런 일이 있었지요."

"내가 아까 잠깐 당신 얼굴을 본께 그때 우리한테 돈을 준 사람이 맞지라. 우리 남편이 빚을 갚고 그 뒤로 장사를 시작했는디 얼마나 잘 버는지 돈을 감당을 할 수 있어야제. 땅도 사고, 산도 사고, 지금은 몇 백 리 우리 땅 안 밟고 사는 사람이 없소. 이라고 된 것이 다 당신 덕분이제. 그랑께 당신을 찾을라고 이렇게 주막을 안 하고 있소. 우리는 언제든지 당신을 찾아서 우리 재산 반을 나눠 줄라고 했지라."

그 말을 들은 풍수가는 좋은 묘 터 구한 덕분이라고 좋아했어. 윤 정승 아들은 생각했어.

'사람을 생각하는 정성이 지극하이 이래 되는구마.'

윤 정승 아들은 고마워하며 돈을 받아 풍수가에게도 나눠 주었대. 윤 정승이 머슴한테 준 천 냥이 돌고 돌아서 여러 사람 살리고 모두들 잘살게 했다네. _예천군 개포면

2-7. 염소나 한 마리

어느 대감집에 상머슴과 중머슴이 있었어. 아침 일찍 소죽을 끓이려고 대감집에 왔는데 나이 많은 대감 내외가 식전에 심심하니 동침을 하려고 했던 모양이야. 그렇게, 어떻게 나대는 소리가 들리더니,

"휴우!"

하더니,

"할 수 없네."

"염소 한 마리 사서 잡사 보이소."

"염소 잡아 가지고 될랐꼬?"

"그라믄 약 첩이나 지어 잡사 보이소."

머슴들이 그 소리를 다 듣고는 소 여물 끓일 짚을 썰면서 서로 말을 주고받으면서 키득거렸어.

"휴우!"

상머슴이 이러니 중머슴이 말을 받았어.

"그 염소 한 마리 사 잡사 보이소."

"염소 마리나 먹으면 나을쏜가?"

"그러면 약 첩이나 지어 잡사 보이소."

"약 첩 지어 먹어만 날쏜가?"

대감이 가만히 들어 보니 자기가 새벽에 마누라한테 한 얘기거든.

"내가 심심해 가주고 그랬는데, 그래 어예 들었노?"

대감은 머슴들에게 좋은 술, 청주를 잔뜩 먹이고는 부탁했어.

"다시는 염소 얘기하지 마래이."

그런데 이놈들이 술만 먹고 싶으면 그런 소리를 해서 대감이 자꾸 머슴들에게 술을 먹일 수밖에 없었다고 해._예천군 개포면

2-8. 어머니의 산소

나이가 사십이 되도록 장가를 못 가고 남의 집을 돌아다니며 머슴살이를 하던 총각이 있었어.

'이거, 무신 팔자가 나이 근 사십이 되도록 장가도 몬 가고 만날 남의 집만 사노. 어데 가서 점이라도 한번 보까?'

총각은 점쟁이에게 가서 점을 보았어. 점쟁이가 말했지.

"당신 모친의 산소가 어만 데엉뚱한 곳 있으니, 어데 풍수 좋은 데 가 가주고 뫼터를 잘 보면 암매아마 좋은 일이 있을 끼라."

총각은 안주인에게 돈도 얻고, 여가도 얻어서 묏자리 풍수가에게 가서 물었어.

"내가 장가도 몬 가고 이 모양인데 점쟁이가 어른한테 찾아가서 뫼 터 좋은 걸 구해 달라 카면 좋은 수가 나선다 캅니다. 어짜든동 자식인 셈 치고 장래 앞길 좀 열어 주이소."

풍수가는 사정을 듣고 뫼 터를 봐 주었어.

"모친 산소를 고마 오늘에라도 옮기마 당장에 재산을 천 석 얻을 끼고 장개를 갈 수도 있고 자손도 마이 얻을 참이니 그래 해라."

총각은 그 길로 집으로 돌아 왔어. 그리고 그 집 안주인에게 풍수가에게 들은 일을 이야기를 그대로 했지. 사실 그 집 안주인이 천석지기 부자였어. 남편 잃고 홀로 되어 머슴들을 데리고 농사를 짓고 사는 억척이었지. 안주인은 총각 이야기를 듣더니 말했어.

"그래, 그러면 그래 하도록 해. 술도 좀 하고 큰 소도 한 마리 잡고 이래 가주고 우예든동 그래 하라꼬. 일꾼은 얼매라도 사서 쓰고. 내가 돈을 댈 꺼이니."

사실 이 안주인은 총각을 마음에 두고 있었던 거야. 이 머슴 총각을 자기 신랑으로 삼으려고 생각하고 있었던 것이었어. 안주인은 떡도 하고 술도 빚고 소도 잡아서 머슴 모친의 묘 이장을 잘해 주었대. 그리고 다음 날 안주인은 총각을 불렀어.

"머, 이럴 거 없이 우리 같이 살자!"

총각은 안주인하고 살게 되어 벼락부자가 되어 잘살았다네.
_군위군 산성면

2-9. 우리 머슴 안 왔능교?

한 머슴이 있었지. 그 머슴의 주인에게 예닐곱 살 된 아들이 하나 있었는데 수시로 머슴을 놀렸어.

"머슴, 장개 안 가나?"

"장개갈 수 있나?"

"장개가거라."

"장개를 어데로 가노?"

"내 말 들으마 장개가이 장개가거라."

"응, 니 좋은 데 중신할 데 있그덩 해 봐라."

주인집 아이가 귀여워서 대답을 해주었지만 머슴이 아이 말을 믿을 리 있나.

그때 아랫동네에는 돈 많은 과부가 살고 있었어. 무슨 꿍꿍이었는지 어느 날부터인가 이 아이가 매일 과붓집에 찾아 가기 시작했어. 가서 이렇게 묻는 거야.

"우리 머슴 여기 안 왔능교?"

"저놈 아가? 이눔아, 너거 머슴이 우리 지이집에 와 오노?"

"난 여거 왔는가 시와싫어 와 봤지."

그 다음 날도 와서는 똑같이 물어.

"우리 머슴 여거 안 왔능기요?"

"이눔우 자석! 너거 머슴이 와 우리 집에 오노?"

"여거 장늘 오는데, 머."

매일 찾아 와서 똑같이 물어보니 너무 얄밉지 뭐야. 과부댁이 혼내 주려고 아이를 잡으러 가면 휭하니 달아나 버려서 잡을 수가 없고 말야.

"우리 머슴 여게 숭게 놓고여~. 숭게 놓고여~. 동네 사람들이 다 압니더!"

아이는 과부를 계속 놀렸대.

한 달이 지나자 아이가 머슴에게 말했어.

"내가 다 주선해 놔시이 오늘 내 시키는 대로 하머 장개갈 수 있을 기다."

"어야먼 되노?"

"내가 한 달 동안을 과붓집에 들락거리며 과부를 달과 놨어. 오늘 내가 가면 나를 붙들라고 자꾸 따라올 끼라. 과부가 날 따라올 때 과부 방에 드가가 앉아 있으마 장개가진다이."

머슴이 들어 보니 그럴싸하거든. 에라, 한 번 믿어 보자는 마음이 들었어. 머슴은 과붓집 앞에 숨었어. 그때 아이가 과부에게 다가가는 모습이 보였어.

"오늘 우리 집에 일이 바뿌니더. 우리 머슴 좀 보내 주소."

"이넘우 자석 또 왔나? 너거 머슴 여게 없다."

"그라지 말고 우리 머슴 보내 주소!"

"이넘우 자석, 너거 머슴이 어데 있노?"

과부가 소리치며 아이를 쫓아 왔어. 아이는 달아나기 시작했어. 아이가 워낙 빨라 과부는 따라잡을 수가 없었어. 잡힐 듯 말 듯 달아나다가 이 정도면 됐겠다 싶었는지 아이는 과부에게 덥석 잡혔어. 약이 바짝 오른 과부는 아이를 막 두드려 패며 소리소리 질렀어.

"이넘우 자석, 너거 머슴이 우리 집에 왔능가 가 보자고. 방에 없으머 어얄래? 어얄래?"

"만약에 우리 머슴이 있으마 우얄랑교? 같이 살랑교?"

"그래! 살지러. 살고 말지러. 이넘아, 가 보자. 없이머 이넘우 자석 가마이 안 둘끼다."

"좋다고!"

과부는 아이를 붙잡아 집으로 돌아 왔어. 과부가 소리를 질러 대니 동네 사람들이 뭔 소란이가 싶어서 잔뜩 구경을 왔어. 과부는 의심할 것도 없이 방문을 홱 열었지. 그런데 이게 웬일이야. 머슴이 떡 하니 방 안에 앉아 있는 거야. 과부는 기가 막혀서 입이 따악 벌어지고 말았어. 머슴은 과부 방에 앉아 있지, 동네 사람들은 보고 있지, 할 수 없이 과부는 머슴하고 같이 살 수밖에 없었대._월성군 안강읍

2-10. 눈에는 눈, 똥에는 똥

나이 삼십이 되어서도 장가를 못가고 남의집살이만 하던 총각이 있었어. 이 머슴이 장가가 가고 싶어 못 견디게 되어 자기 어머니를 졸랐어.

"참 좋은 정승집 딸이 있거덩. 중신하소."

머슴의 어미는 아들이 씨알도 먹히지 않는 소리를 하지만 하도 부랑하게 구니 어쩔 수 없어서 정승집에 갔어. 죽으면 죽고 살면 살고, 하는 마음이었지. 그 집 대문 앞에 가서 어슬렁어슬렁하고 있으니 마침 출타 중이던 정승이 물었어.

"이 늙은이 와 왔노?"

죽을 마음으로 입을 뗐지.

"우리 아가 이 집 따임한테 장개를 가고 싶어 하이 중신하러 왔습니더."

"머시라꼬? 여봐라! 이 늙은이를 당장 끌어 내라."

정승은 벼락처럼 소리를 치며 하인을 불렀어.

"입 잘못 놀린 데는 정낭물변소물을 믹이야 된다."

정승집 하인들이 똥물을 퍼 와서 머슴 어미에게 막 들이키게 했어. 아이쿠! 머슴 어미는 배가 불룩하게 부어서 집으로 돌아왔지. 돌아오니 아들이 묻는 거야.

"어메, 그래 어이 됐노?"

"아이구, 야야! 중신 말하다가 끌리 나와가 마 똥물만 디기 먹었다."

'웅, 이걸 어야꼬!'

이 머슴이 가만히 생각해 보니 다른 방법이 필요했어. 그래서 산에 가서 솔개를 한 마리 잡아 왔지. 그 솔개를 어깨에 올려놓고 정승집 대문 앞에 있는 고목나무에 올라갔어. 그리고 정승 이름을 부르기 시작했지. 세상천지에 정승 이름을 함부로 부를 사람이 없는데 공중에서 자신의 이름이 불리니 정승은 자신도 모르게,

"예!"

하고 대답했어.

"그래, 내가 하늘에서 왔는데 니 아무 데 사는 머슴 그 사람을 사위 봐라!"

이 소리를 듣고 정승은 기가 찼어.

"만약 사위를 안 보면, 내가 하늘에서 왔는데 오늘 아주 절단 낸다!"

이 말을 듣자 정승은 덜컥 겁이 났어.

"예, 하지요!"

"니가 한다 카면 내가 하늘에 올라가고, 안 한다 카면 안 올라 간다."

"우야든지 하늘에 올라가시소. 딸을 보내 줄 것이니, 꼭 올라 가이소!"

머슴이 이 말을 듣고 솔개 등을 쿡 찌르니 솔개가 휙 날아갔어. 그 모습을 보고 정승은 안심을 했지.

이튿날이 되자 정승은 머슴을 불러 혼인을 하자고 말했어. 머슴이 드디어 정승집에 장가를 가게 된 거야. 장가가는 날 머슴은 어머니에게 부탁했어.

"어매, 메주콩을 쪼매 찧어가 뭉치도고."

머슴은 그것을 주머니에 넣고 정승집에 장가를 갔지. 첫날 밤이었어. 머슴이 색시하고 누워 자다가 갑자기 벌떡 일어나서 소리를 질렀어.

"이거, 와 쿨내똥냄새가 자꾸 나노? 이 사람아, 쿨내가 난다고."

색시가 잠든 틈을 타서 메주콩을 엉덩이 밑에 살짝 넣어 놓은 뒤였지.

"아이, 첫날밤에 각시 똥 싼 거는 신랑이 묵는다 카더라."

그러고는 메주콩을 덥석 먹어 버렸어. 이튿날 아침에 색시는 어머니에게 말했어.

"사실 우째 내가 똥을 노가 그래 됐는데 신랑이 조[주워] 묵어 뿟어요."

그 사이 머슴은 자기 어머니 집에 급하게 와서 생콩가루를 한 사발 얻어 갔어. 저녁밥을 먹고 난 후 그것을 물에 타서 다 먹었지. 그날 밤 잠을 자다가 생콩가루를 먹은 머슴이 똥을 싸는데 얼마나 많이 쌌는지 말도 못해. 머슴은 색시에게 말했어.

"첫날은 내가 묵었는데 오늘 밤에 신랑이 싼 건 마누래가 묵어야 된다고. 만약 마누래가 안 무면 장인 장모가 와서라도 무야 된다."

하늘에선 머슴한테 딸을 시집보내라 하지, 첫날밤에 딸이 똥 싼 것을 이 머슴이 먹었지, 일이 이렇게 되니 정승 부부가 도리가 있나!

"엊저녁에 딸이 똥 싼 거를 사위가 묵았으이 이건 천생 우리가 묵어야 되겄다."

정승이 어미에게 똥물 퍼 먹인 원수를 이 머슴이 그렇게 갚았다고 그러네._월성군 안강읍

2-11. 어느 머슴의 재판 이야기

옛날에 한 부부가 하도 살기가 어려워서 할 수 없이 보따리를 짊어지고 집을 떠났어. 불원천리 발길 닿는 대로 떠돌다가 어느 동네의 부잣집에 들어가게 되었지. 그 집에서 남편은 머슴살이를, 아내는 식모살이를 시작했어. 10년을 작정하고 그 집에 그렇게 머물렀어. 머슴은 10년이 다 채워지자 주인에게 새경을 계산해 달라고 말했지.

"주인어른요, 10년 다 됐으니 새경을 고만 인자 주이소."

"야, 이 사람아! 아무 연분에 얼마 받아 가고, 아무 연분에 얼마 받아 가고, 나한테 다 안 받아 갔는가? 나한테 뭘 새로 돌라 카는가?"

머슴이 들어 보니 기가 찬 거야. 10년 일한 것이 간 곳 없이 사라졌으니 말이야. 10년 머슴살이가 도로 나무아미타불이야.

'이거 어떻게 해야 하나?'

머슴은 곰곰이 생각하다가 며칠 지난 뒤에 다시 주인에게 물었어. 그런데 주인은 또 이러지 뭐야.

"아! 이 사람아! 참말로 카나이러나, 부로일부러 카나? 내가 문서를 함 내 보까?"

주인은 문서 한 장을 떡하니 내놓았어. 들여다보니 그동안 새경 받은 기록이 꼼꼼히 적혀 있고 도장까지 찍혀 있었어. 그것을 보니 머슴은 미칠 것 같았지.

알고 보니 이 주인이 머슴의 아내와 짜고 그렇게 한 짓이야. 이 사실을 알게 된 머슴은 관아에 가서 고발을 했어. 하지만 주인이 새경 준 기록과 도장까지 받은 증서를 들이대니 이길 도리가 있나? 머슴은 그만 실성해서 넋을 잃고 길가에 앉아 있었어. 그때 웬 총각이 지나가다가 머슴을 보고는 무슨 일인지 물어보았어.

"길에서 와 이캅니꺼?"

머슴은 그동안 있었던 일을 모두 이야기했어. 그러자 총각이 말했어.

"그러면은 새로 재판을 하이소."

총각의 말을 듣고 머슴은 새로 재판을 걸었어. 총각이 동행하고 말이야.

"아무 데 아무 것이가 아무하고 재판을 한다 카이 오늘 이 사람 변호는 지가 맡겠십니더."

원님이 생각해 보니 이 머슴이 억울한 것을 알겠거든. 억울한 사정이 다 보이는 거야. 그래서 그렇게 하라고 했어. 총각이 말했어.

"오늘 여다가 궤를 한 개 갖다 주이소."

궤를 갖다 놓으니 궤 뚜껑을 열고 머슴의 처를 거기다가 집어넣어 달라고 했어. 그리고 못질을 했지. 뒤이어 총각이 말했어.

"자, 여게 있는 사람들은 모두 나가 주이소."

사람들이 모두 나가니 궤에서 여자를 끄집어내어 옥에 가두었어. 그리고 궤에는 포졸 한 명을 들어가게 했어. 다시 못질을 하고 사람들을 모이게 했지.

"그 주인 되는 양반 여게 나오시오."

주인이 나서자 궤를 메게 했어.

"이 궤를 둘러메고 동네를 한 바퀴 돌아오소."

주인은 당연히 궤에 든 사람이 머슴의 아내인 줄 알았지. 주인은 말했어.

"우짜든동 니는 옳다고만 대라. 옳다고만 대면 된 대이."

궤 안의 사람이 머슴의 아내인 줄 아는 주인은 자신의 속내를 다 얘기했어. 궤 안의 포졸은 주인의 수작을 모두 알 수 있었지. 동네를 한 바퀴 돌고 온 주인은 마당에 궤를 내려놓았어. 그러자 총각이 말했어.

"인자, 머슴살이한 당신도 한 번 둘러메고 갔다 오소."

머슴은 궤를 지고 동네를 돌기 시작했어.

"네 이년, 가랑이를 잡아 째 뿔란다. 너하고 나하고 집을 나설 적에는 나와 머슴살이 10년만 하자고 약조해 놓고 그 주인놈하고 붙어 갖고 내 신세를 이래 망쳐 놓나? 대번에 모가지를 빼 죽일 년!"

아! 머슴이 이런 욕설을 해 대는데, 포졸이 들으니 기가 막히는 거야. 동네를 한 바퀴 돈 머슴은 관아에 돌아와서는 궤를 마당에 던져 버렸어. 궤 안의 포졸은 죽을 지경이 되었지. 포졸은 소리를 질렀어.

"아이고, 사람 죽네!"

궤 뚜껑을 여니 여자가 아니라 포졸이 튀어 나오네! 사람들은 깜짝 놀랐지. 그때 총각이 말했어.

"인자, 됐십니더!"

머슴이 10년 머슴살이 한 새경에 이자를 붙이고 붙여 보니 백 석이 넘었어. 주인 재산이 모자랄 정도였지. 머슴은 주인 재산을 다 차지할 수 있었대. 머슴은 호의호식하며 잘살다가 죽었대._성주군 성주읍

2-12 속곳 훔쳐 정승 사위된 머슴

이 정승 집에 살던 머슴이 이 정승의 딸을 마음에 두었어. 하지만 별 도리가 있어? 별당에 들어 앉아 있으니 어떻게 할 수가 있어야지. 뾰족한 방법이 없자 머슴은 보리타작만 하고 있었어. 일꾼들과 하루 종일 보리타작을 했지만 마음은 이 정승 댁 아씨에게 가 있었지. 결국 묘안을 냈어. 갈퀴 살을 두 개만 남겨 놓고 쥐어뜯기 시작했는데, 이 정승 딸 방에 들이밀어서 속곳을 훔쳐내기 위해서였지. 그날 밤 머슴은 몰래 별당으로 갔어. 이 정승네 딸은 단속곳을 벗어 놓고 자고 있었지. 머슴은 창으로 그것은 살며시 꺼냈어.

'인지 이 속곳을 내가 입어야지.'

다음 날 아침이 되자 마음을 크게 먹고서 큰 소리로 말했어.

"주인 어른요! 오늘도 타작을 하니껴?"

"오늘도 해야 되지. 안주아직 미칠며칠 더 해야 된다이. 야들아,

타작을 시작해라!"

타작을 하다 참을 먹으며 쉬는데 이 머슴이 이 정승 딸의 속곳을 입고 나왔어.

"헤헤, 아씨 속곳을 내가 입었다. 니는 이거 입을 수 있나? 이거 보래이."

가랑이를 벌리고 이렇게 소리를 질러 댔지. 이 정승이 사랑에 앉아 들으니 기가 막힌 거야.

'내 딸이 저른 넘한테 속곳을 주다이께? 이게 뭔 일이고?'

부끄러워서 말은 못하고 속만 끓였지. 머슴은 춤을 추며 도리깨질을 하며 계속 타작을 하고 있었어.

"이 정승 딸의 속곳이 웬 말이로? 들었나? 말았나?"

펄떡이며 도리깨질을 하는 머슴을 보며 일꾼들이 작은 소리로 물었어.

"속곳을 어떻게 파냈소?"

"까짓거! 이러거나 저러거나 알 거 없다고. 나는 이 정승 딸한테 장가간대이. 인지 장가간대이!"

이 정승은 그 소리를 들었지만 체면 때문에 아무 소리도 못하고 속으로만,

'이놈아! 니가 그라만 되나?'

하고 있었어. 일꾼들이 타작을 끝내고 집으로 돌아가자 정승

은 머슴을 불렀어.

"올 밤에 딸을 데루 가거라. 이래 가주고 내가 친구들 알까 봐 도저히 안 되겠다."

머슴이 이 소리를 듣고 얼마나 좋았는지 몰라. 게다가 나귀 한 필에 돈 한 뭉치를 같이 얹어 주니 얼마나 좋았는지. 딸을 나귀에 태우고 고개를 넘어가며 노래를 불러댔지.

"그래, 우리가 이래 됐는데, 인지 검은 머리가 파뿌리가 되도록 사이시더."

"당신이 그래 할 줄은 몰랬다고. 아부지 명에 어쩔 수 없이 따라왔지만 우예 이럴 수가 있냐고? 아부지가 죽으라 카마 죽는 시늉을 하고 살아야 하니 아무 말도 못하고 따라왔지만 이기 무슨 일이냐고? 나는 당신하고 못산다. 죽고 말 끼라."

"이기 팔자 아이겠소. 우리 이왕에 이래 됐으이 서로 인연 맺고 사는 기 어떻겠소?"

두 사람은 그 동네에서 멀리 떨어진 곳에 가서 식을 올렸어. 그리고 자식까지 낳고 살았지._예천군 보문면

3부

울고 웃는 양반들

3-1. 정승의 권력

일인지하一人之下 만인지상萬人之上이 정승의 권력이야. 만약에 정승의 부인이,

"아이구, 저 산이 왜 저리 높으냐?"

그러면 그 산을 깎아서 평지를 만들 수 있는 것이 정승의 권력이란 거야. 이런 권력을 가진 정승 한 사람에게 딸이 있었대. 그런데 나이는 과년한데 시집을 못 가고 있는 딸이었어. 아무리 권력을 가진 정승이라도 딸의 혼사는 마음대로 되지 않나 봐. 할 수 없이 어느 시골 사또의 맏며느리로 시집을 보냈어.

이 시골 사또는 해마다 크게 생일잔치 여는 것을 좋아했대. 더구나 정승이 사돈이 되었으니 올해 생일잔치는 얼마나 특별할까. 정승 사돈이 많은 선물을 가지고 올 테니 말이야.

드디어 사또의 생일날이 되었어. 그런데 이게 웬일? 정승 사돈이 말을 타고 나타나기는 했는데, 마부 한 명만 데리고 허름한

옷을 입고 아무것도 없이 온 거야. 사또는 정승인 사돈이 온다고 돼지 잡고, 떡도 하고, 산해진미를 차렸는데 빈손으로 온 거지. 사또는 엄청 실망했어. 그러니 사또의 다른 식솔들은 오죽하겠어? 동서들은 대놓고 맏며느리의 흉을 보기 시작했지.

"형님은 정승의 딸이라 카드만은 별 볼일 없구만은."

동서들이 수군수군하는 소리를 듣고 서러워진 딸은 정승에게 말했어.

"아버지, 다음에 오실 때는 음석음식을 좀 잘 해서 오시이소."

"오냐. 금마 다음에는 내 니 말 듣고 그래 가주 오마."

그런데 아이고, 이런 변이 있나! 다음 해 생일에도 정승은 허름한 차림새로 빈손으로 온 거야. 정승의 딸은 낭패가 났지. 동서들이 모여서 마구 비웃어 댔거든. 정승 딸은 아버지 앞에 가서 울고 말았어.

"니가 왜 우노?"

"그 좀 해가주 오시라 카이…."

"그래?"

딸은 그 자리에서 속옷에서 도포까지 아버지의 옷을 지었어. 그 옷을 아버지에게 드리며 말했어.

"아부지, 후에 꼭 이 옷을 입고 오시고 음석도 마이 해 가주고 오시이소."

"그래라. 내가 니가 해 준 옷을 꼭 입고 오마."

그런데 이게 웬일이야. 아버지가 또 허름한 차림새에 빈손으로 나타났네! 아버지 모습을 본 딸은 얼굴이 하얗게 질려 버렸어. 참, 유구무언이었던 거지. 밤이 되자 딸은 정승에게 가서 엉엉 울었어. 우는 딸을 보며 정승은 말했어.

"뭐, 우야라꼬 그라노?"

"여게 식구들이 정승 권력도 시니세니 시아부님 생신 때 음석도 잘해 가주고 오고 그럴 줄 알았는데 그래 안 하이 정승이 아무것도 아니라고 말합니더."

"그래?"

정승은 물끄러미 딸의 얼굴을 바라보더니 조그마한 쪽지에 글을 썼어.

"올 저녁에 밥을 뜰 때 밥뚜껑 안에다 이것을 붙여 놓아라."

딸은 정승이 시키는 대로 했어. 밥뚜껑 안에 종이를 붙여서 저녁상을 시아버지에게 갖다 드렸지. 사또가 밥을 먹으려고 밥뚜껑을 열었는데…, 헉, '어명'일세!

"꼼짝하면 안 남으렷다!"

꼼짝하면 목을 베어 버린다고 적힌 어명이 밥뚜껑에 붙여져 있는 거야. 모든 밥뚜껑에 그것이 붙여져 있었어. 그러니 모두들 숟가락을 든 채 꼼짝도 못하고 있었어. 밤이 새도록 그러고 있었지. 닭이 울고, 아침이 오고 해가 떠도 꼼짝을 못하는 거라. 남자들이 모두 그러고 꼼짝 못하고 있으니 시어머니가 정승의 딸에게 죽어 가는 소리로 매달렸어.

"아이구, 야야! 니가 시아바이 좀 살려다구."

이게 무슨 일인가 싶어서 딸은 정승에게 달려갔어.

"아부지!"

"그래 내가 우예는지 봤느냐?"

"예, 봤십니더."

"그러면, 법도로써 내한테 인사를 들도록 해라"

딸은 정식으로 족두리를 쓰고 옷을 갖춰 입고 백배사죄하러 아버지 방에 들어갔어. 맏며느리가 이렇게 백배사죄를 드리니 다른 가족들도 모두 마당에 멍석을 깔고 엎드렸어. 하룻밤 한나절을 그렇게 있었지. 정승의 마부가 큰소리로 말했어.

"만약에 한 번만 더 그러마 안 남으렷다! 물러가라!"

고개를 들어보니 정승은 간 곳 없이 사라 졌어.

정승이 그후에 의관을 갖춰 입고 행차를 차려서 왔지만 사또의 생일이 아니라 나랏일로 내려 왔대._봉화군 봉화읍

3-2. 문경 선비 이 서방 이야기

어느 서울 대감이 딸을 시집보냈어. 그런데 딸이 그만 남편을 잃고 혼자가 되었어. 과부가 된 딸은 시댁과 친정을 오가며 지냈지. 그런데 그 모습을 지켜보는 친정아버지는 마음이 너무 안타까웠어. 그래서 먼 친척뻘 되는 사람을 불러서 말했어.

"내가 패물을 넉넉히 싸 줄 테니 우리 딸을 시골 어디로 데려가서 잘 숨기고 오너라!"

대감은 딸이 불쌍한 마음에 딸을 도망치게 하려는 거였지. 그런데 부탁을 받은 사람이 허랑방탕하고 옳지 못한 사람이었어. 갖은 패물을 말에 싣고 문경새재까지 내려오자 이놈이 패물 팔고, 말 팔고, 결국엔 대감 딸까지 남사당패에 팔아먹었어.

그때 문경에 이 서방이라는 선비가 있었대. 문경 낙동의 이 정승네 조카야. 집이 아주 가난한 선비였지. 이 서방은 어느 날 집에 먹을 것이 다 떨어져서 이 정승 집에 돈을 꾸러 갔어. 맘씨 좋은 이 정승은 가난한 조카가 오자 돈 오십 냥을 주었어. 이 서방은 그 돈을 받아서 옷 안 쪽에 넣고 차림새를 단단히 하고 삼촌 집을 나섰어. 당시에 문경새재에 도둑이 많아서 돈을 뺏기지 않으려면 조심해야 했거든.

이 서방이 문경새재를 넘어가는데 어디선가 자꾸만 처량한 소리가 나는 거야.

"사람 살려요! 사람 살려요!"

이 서방은 소리가 나는 쪽으로 살금살금 가 보았지. 숨어서 살펴보니 숲속에서 키가 팔 척은 되는 놈이 꽃 같은 새댁을 나무에 매달아 놓고 때리고 있는 거야. 이 서방은 놀라서 얼른 나섰어.

"그래, 무신 일인데 꽃 같은 사람을 매달아 놓고 이리 뚜드리패노?"

때리던 놈이 대답했어.

"이년을 돈 오십 냥을 주고 샀는데 춤을 추라고 해도 안 추고, 소리를 하라 캐도 안 하고, 그래서 길들일라고 이리 때리요."

"그라마 돈 오십 냥 갚아 주면 사람을 끌러 주나?"

"돈 오십 냥 주면 끌러 주지요. 어차피 소리도 안 하고 춤도 안 추는 년이니께."

이 서방은 가지고 있던 돈 오십 냥을 얼른 내주었어. 오십 냥을 받은 놈은 돈을 챙기자마자 색시를 나무에서 내려 주더니 제 갈 길로 가 버렸어. 이 서방은 색시에게도 잘 가라고 말하고 집을 향해 걸었지. 한참을 걷다가 뒤를 돌아보니 색시가 자꾸만 따라오는 거야. 그러더니 결국 집에까지 따라왔지 뭐야. 행색을 보아 하니 갈 곳이 없어 보여. 그러니 할 수 없이 그렇게 같이 살게 되었어. 그런데 이 색시가 솜씨가 참 좋아. 바느질을 잘해서 인근에 소문이 날 정도였지. 색시와 같이 살며 이 서방은 사는 형편이 점점 좋아졌어.

그렇게 지내던 어느 날 과거시험이 열린다는 방이 붙었대. 마침 그 마을에 부잣집 아들이 있었는데 과거를 보러 간다고 색시에게 새옷을 지어 달라는 부탁이 들어왔어.

"어떤 사람은 팔자가 좋아서 이런 옷을 입고 과거를 보러 가는구나!"

색시는 바느질을 하며 탄식했어. 이때 이웃에 살던 마음씨 좋은 양반이 지나가다가 이 소리를 듣고는,

"이 서방이 옷이 없어서 과거를 못 간단 말인가? 그라믄 우리 아들 의관과 옷을 줄 텐께 깨끗이 빨아 입혀서 과거를 보러 가구로 하게."

색시는 이 서방에게 의관을 갖추어 입히고 먹을 것을 챙겨 주며 과거 길을 떠나게 했어. 그러면서 편지 하나를 써 주었대.

"과거 시험 보러 가시면 종로 거리에 까만 큰 대문이 있으니 그 집 청지기한테 이것을 전해 주십시오."

이 서방은 색시가 시키는 대로 했어. 청지기는 그 편지를 받아들고 바로 안채로 뛰어 들어가 대감 부부에게 편지를 전했어. 대감 부부는 편지를 읽다가 울음바다가 되었어. 한참을 울다가 이 서방을 불렀어.

"그래. 자네가 문경 사는 이 서방인가?"

"그렇습니다요."

색시가 바로 대감의 딸이었던 것이지.

이후 이 서방은 대감의 사위가 되고 과거에 급제도 했대._구미시 원평1동

3-3. 소가 된 정승

시골 선비가 과거시험 공부를 하려고 땅 팔고 집 팔아서 서울에 갔어. 서울의 어느 정승집에서 3년을 있었지. 하지만 정승집에서 있어 봤자 허송세월만 보냈을 뿐이었어. 과거에 붙지도 못하고 돈만 다 떨어졌대. 할 수 없이 시골로 다시 내려올 수밖에 없었지. 선비는 빈털터리가 되어 털레털레 내려오다가 어느 동네의 큰 정자 아래에서 수염이 허연 노인 한 명을 만났어. 노인이 선비와 이런저런 이야기를 나누다가 말했어.

"장기 덜둘 줄 아오?"

선비는 정승집에서 과거 공부는 안 하고 장기와 바둑만 두다가 내려 온 터라 냉큼 대답했어.

"알고말고요."

"그러만 우리 둘 중 지는 사람이 이 소머거리소 입에 씌우는 망를 쓰기로 합시다."

노인과 장기를 두기 시작하는데 아무리 애를 써도 노인을 이길 수가 없었어. 실력을 다해 두었지만 선비는 노인에게 지고 말았어. 해가 저물자 노인은 선비에게 말했어.

"날이 저물었으니 장기는 그만두고 소머거리를 쓰시오."

소머거리를 얼굴에 덮어 쓰자 선비는 그만 소가 되고 말았어. 선비는 놀라서 소리를 고래고래 질렀어. 하지만 입에서 나는 소리는

"음매! 음매!"

할 뿐이었어. 노인은 소를 정자나무에 묶어 놓고 가 버렸어. 가면서 선비에게 한 마디를 남겼어.

"급하거들랑 무시[무]를 조심하래이!"

그러고는 홀연히 사라져 버렸어. 밤이 이슥하여 캄캄한데 소가 "음매! 음매!" 고함을 질러 대니 지나가던 술꾼들이 소를 몰고 갔어. 그리고 쑥덕쑥덕 하더니

"이넘의 소를 잡아 묵자!"

하는 거야. 그리고 칼을 가지고 와서 쓱쓱 가네. 이거 큰일이 났어. 죽게 생겼으니 말이야. 선비는 살려 달라고 소리를 고래고래 질러 보았으나 "음매! 음매!" 할 뿐이었어. 그러다가 얼마나 몸부림을 쳤던지 선비를 묶었던 줄이 툭 끊어지고 말았어. 소가 된 선비는 '걸음아, 나 살려라!' 하며 뛰기 시작했어. 한참을

뛰어갔을까? 산 아래까지 갔는데 그곳에 무밭이 있었어. 선비는 무 한 개를 뽑아 먹어 보았어. 그러자 다시 사람으로 변하는 거야. 선비는 놀란 마음을 진정 시키고 소머거리를 주머니에 넣고 집으로 돌아왔어. 그리고 아내에게 말했어.

"이거 과게과거 좀 할라꼬 갔다가 과게도 못하고 고마 이래 됐으니 천상 서울에 한 번 더 올라가야 되겠소."

그리고 아내에게 무를 썰어서 말려 두라고 부탁했어.

선비는 지난번에 머물렀던 정승집에 다시 찾아갔어. 정승은 이 선비가 은근히 반가웠어. 돈을 다시 뺏을 생각을 하니 말이야. 그때 서울 정승들 중에는 시골 선비들 돈을 훑어 먹고 살았던 사람들이 꽤 있었나 봐. 그날 밤 선비는 자는 척을 하다가 몰래 빠져나와 정승이 자는 방으로 갔어. 그러고는 소머거리를 정승 얼굴에 덮어씌웠어. 그리고 정승집에서 나왔지. 서울 종로를 며칠 동안 실실 걸어 다니는데 소문이 자자하게 난 거야. 정승이 소가 되었다고 말야. 서울 장안이 그 소문으로 들썩들썩 거렸어. 선비는 정승집에 찾아갔지.

"이게 어떻키 된 일이오?"

선비가 깜짝 놀라는 척하자 정승의 아들이 사정을 말하며 선비에게 물었어.

"고칠 수가 있겠습니까?"

"곤칠 수가 있고말고. 돈만 마이 주마 되지. 삼천 냥을 주마 내가 곤치 주꾸마. 며칠 기다리라고."

선비는 다시 고향으로 돌아와 아내가 말려 둔 무를 곱게 갈아서 약봉지에 넣었어. 정승집에 다시 온 선비는 정승의 가족들을 모두 방에서 나가게 하고 무 가루를 물에 타서 정승에게 마시게 했어. 그러자 정승이 사람으로 변하는 거야. 선비는 정승의 얼굴에 덮어씌웠던 소머거리를 얼른 벗겨서 주머니에 넣었어. 그리고 아들에게 삼천 냥을 받아 가지고 고향으로 내려왔어. 하지만 과거시험은 보지 않고 그냥저냥 잘 살았대._구미시 원평1동

3-4. 울다가 웃다가

경주 배동골이라는 동네에 한 선비가 살았어. 이 선비가 곰곰이 생각해 보니 이 동네에서는 공부를 아무리 해도 소용이 없을 것 같았어. 그래서 서울을 향해 길을 떠났어. 한참을 걸어가다 보니 어떤 처녀가 뒤를 따라 오는 거야.

"지는 지대로 가고, 나는 나대로 가야지."

그러면서 계속 걸어가는데 계속 따라 와. 십 리, 이십 리, 오십 리를 가도 말이지. 이상하다고 생각하며 계속 걸어가는데 날이 저물어 버렸어. 그렇게 한 동네에 들어섰지. 그 동네 중간에 고래등 같은 기와집이 있었어. 그 집 앞에 가서 기침을 하니 안으로 모셔 가. 뒤를 돌아보니 처녀도 따라 들어왔어. 사뭇 뒤를 따라오더니 이 집에까지 따라온 거야. 그렇게 선비는 사랑손님이 되고 처녀는 안으로 들어갔어.

다음 날이 되어 길을 떠나려고 하자 주인이 쑥덕쑥덕하더니 선비를 막아 섰어.

"어예라고 이캅니까? 갈 길이 바쁜데 와 이라십니까?"

"그기 아이라. 좀더 지내고 가이소."

알고 보니 선비를 붙든 이유는 다른 데 있었어. 그 집 딸이 혼인을 앞두고 있어서 아낙네들이 모여서 이부자리와 혼수 바느질을 하고 있는데 처녀가 그것을 보고는 말했대.

"지가 좀 거들면 안 되니껴?"

"그리요? 고맙구로."

처녀가 바느질을 시작하는데 솜씨가 환하지 뭐야. 정말 훌륭했어. 안주인은 처녀를 좀더 붙잡고 싶었지. 그러니 처녀와 선비가 내외간인 줄 알고 선비도 같이 붙든 거였어. 며칠을 그 집에 유하고 있는데 어느 날 관아에서 이 선비를 잡으러 왔어. 처녀가 혼수를 들고 도망을 가 버렸다는 거야. 선비는 관아에 잡혀 가서 영문도 모른 채 두들겨 맞았어.

"내외가 같이 수작해서 이래 가지고 되겠는가?"

"나는 죽어도 그런 사실 없십니더."

선비가 조근조근 사실대로 말하자 원님이 들어 보니 일리가 있었어. 그래서 대감을 불러서 말했지.

"아무래도 생사람을 잡은 거 같십니다. 생사람을 저래 두들겨 팼으이 돈을 물어 주이소."

선비는 돈을 한 보따리 얻어서 길을 떠났어. 서울 장안에 도착해서 거리를 걷고 있는데 그 처녀를 다시 만났어. 처녀는 다짜고짜 말했어.

"우리 집으로 가십시다."

선비는 억울한 마음도 있고 처녀가 어떤 사람인지 알고 싶기도 해서 따라가 보았어. 그런데 이게 웬일이야. 이 처녀가 정승 집 딸인 거야. 처녀는 정승 앞에 선비를 데리고 가더니,

"제가 배필을 구하려고 조선 천지를 돌아다녔는데 딱 보니 저 분이 제 배필이 틀림없습니다. 아버지, 저는 이 선비한테 시집가겠습니다."

정승이 선비를 찬찬히 뜯어보니 말하는 것도 점잖고, 외양도 잘 생겼고, 사람이 좋아 보였어. 때마침 임시 과거시험이 열렸어. 선비는 과거에 합격해서 처녀와 결혼해서 잘 살았대. _청송군 청송읍

3-5. 좋은 점괘

김 진사라는 사람이 있었대. 이 사람이 삼대째 외동이었는데 장가를 못 갔어. 그러니 혈육 한 점 없었지. 다른 사람에게 이 얘기를 했더니 점쟁이에게 가 보라고 했대. 김 진사는 그 길로 바로 점쟁이를 찾아갔어. 점쟁이가 말하길,

"이런 거 저런 거 생각하지 말고 길을 나서가 서울로 과거 보러 가라꼬. 과거를 보면 반드시 성공하고 뒤에 후손도 마이 얻게 될 꺼이, 꼭 가라꼬."

김 진사는 점쟁이 말만 믿고 길을 떠났어. 길을 가다가 어느 개울의 징검다리를 건너게 되었지. 징검다리를 다 건널 때 즈음 예쁜 부인이 납작한 서답돌빨랫돌을 대고 앉아서 빨래를 하고 있었어. 그런데 비켜 주지를 않는 거야. 김 진사는 할 수 없이 옷을 둥둥 걷고 물에 들어가 그 옆을 설설 지나갔어. 그러자 부인이 빨래하던 손길을 멈추고 이렇게 말하더래.

"손님, 어디까지 가십니꺼?"

"아, 난 오라카는 데가 없어 정처없이 이래 가는 길이오."

"그래요? 그라먼 손님, 저 따라가입시더."

바쁜 일도 없으니 김 진사는 부인을 따라갔대. 김 진사가 따라간 집은 그 마을에서 가장 크고 좋은 집이었어. 손님을 데리고 들어가더니 부인은 방을 깨끗이 닦고, 병풍을 갖다 놓고 저녁상을 잘 차려서 대접했어. 저녁밥을 먹고 밤이 이슥해져서 자려고 누웠는데 부인이 방에 들어 왔어.

"손님, 남녀가 다른데 이리 체면 없이 들어와서 대단히 죄송합니다. 다름이 아이고 손님께서 서울에 과거 보러 가시는 듯한데 여게서 하룻밤 주무시고 지 소청 좀 들어주시이소. 지가 성의껏 힘쓰면 과거도 될 거입니더."

김 진사는 가만히 듣고 있었어. 은근히 좋았거든. 정처 없이 떠나기로 한 마당에 걸릴 게 없었지. 부인은 이야기를 계속했어.

"소청이 다른 기 아이라 청춘에 과부가 되어 홀로 있는데 나캉 살면 어떻겠십니꺼? 몇 만 석 되는 이 살림 다 주겠십니더."

"글씨, 머 주인이 그렇다면 그리하지요."

이튿날이 되어 김 진사가 길을 떠나려고 하자 부인이 와서 말했어.

"이래 가시면 아무 머시기가 없이니 표적을 하나 해 주소."

김 진사는 두루막두루마기 안고름을 떼어 주었어. 부인은 그걸 받고 봉투 하나를 내주며 말했어.

"이 봉투를 드릴 터이니 가주고 있다가 과거를 보러 가서 한 번 꺼내 보시이소. 자세한 걸 알게 될 낍니다."

과거장에 도착해 보니 시험 문제가 붙었는데 부인이 봉투에 써서 넣어 둔 내용과 같은 거야. 김 진사는 거침없이 써 내려갔어. 말할 것도 없이 김 진사가 장원급제였어. 그런데 알고 보니 임금에게 과년한 공주가 있었는데 사위를 보려고 태평과나라에 경사가 있을 때 특별히 실시한 과거를 열었대나 봐. 장원급제를 한 사람을 사위로 보려고 말이지. 김 진사는 임금 사위가 되어 큰 벼슬에 올랐어.

김 진사는 장원급제도 했고, 임금 사위도 되었고 큰 벼슬에 올랐으니 고향에 한번 가 보기로 했어. 내려가는 길에 그 부인이 생각났지. 부인 집에 들어가니 부인이 반가이 맞았어. 김 진사는 부인과 하룻밤을 보내고 말했어.

"당신은 처음 만난 사람이니 내 본 마누래고 공주는 둘째 마누래요."

김 진사는 부인과의 사이에 아들 넷을 낳고 공주와는 아들 셋을 보고, 벼슬도 높이 되고 잘 살았더라는 거짓말 같은 이야기야._군위군 산성면

3-6. 돈 버는 방법

가난한 양반이 있었어. 이 양반에게는 장사꾼 친구가 있었는데 하루는 그 친구에게 가서 물었어.

"내가 돈을 좀 벌고 싶으이. 자네 기술 좀 갈치가르쳐 주게."

"내가 시킨 대로 하면 돈을 벌 것이오. 날 따라오시오."

장사꾼이 양반을 버드나무가 축 늘어진 강가로 데리고 가더니 말했어.

"버들가지를 붙들고 축 늘어지시오."

양반은 돈 버는 기술이 배우고 싶어서 시키는 대로 했어. 시키는 대로 하기는 했지만 버드나무에서 떨어지면 바로 시퍼런 강으로 떨어지게 생겼어. 그러니 이런 마음이 들었지.

"이눔이 날 죽일란가?"

이런저런 생각을 하며 버드나무 줄기를 잡고 축 늘어져 있는데 갑자기 장사꾼이 양반 몸을 묶더니 흔들흔들 흔들기까지 하지 뭐야. 그러면서 소리쳤어.

"이 손 놓으면 양반님네는 물에 빠져 죽십니더. 꼭 붙들으소!"

양반은 죽기 싫어서 꼭 붙들었어. 장사꾼은 그런 양반을 자꾸 흔들어 대는 거야.

"이제 그만 되지 않았는가? 이래믄 안 됐는가?"

"이제 됐십니더."

"그래. 돈 버는 기술이 제구겨우 이건가?"

장사꾼이 양반을 풀어 놓고 말했어.

"그런 게 아이라요. 돈이란 건 자랑하지 말고 돈이 잡히그들랑 버들가지에 매달린 그 힘같이 고래그렇게 주먹을 꽉 쥐고 있어야 벌리지 자꼬 쓰면 안 되니더. 주먹을 꼭 쥐고 있어야 되니더."

돈을 벌게 되면 돈 버는 자랑도, 돈 쓰는 자랑도 하지 말고 모아야 한다며 장사꾼은 양반에게 다짐을 받듯이 말했어. 양반은 그 뒤로 돈을 수월찮게 벌었더래._예천군 개포면

3-7. 가난한 사돈 VS 부자 사돈

가난한 양반과 부자인 상인常人이 혼인을 하게 되었어. 부자인 상인이 양반에게 말했어.

"우예든동 내하고 사돈 합시다. 그라먼 내가 땅 마지기나 드릴게요. 사돈 하입시다."

양반이 이 말을 믿고 혼인을 시켰어. 혼인이 성사되고 그 뒤로 부자 사돈이 약속을 지키겠지 하면서 기다렸어. 그런데 감감무소식이야. 아무것도 안 주지 뭐야. 그때 양반의 친구가 와서 말했어.

"자네, 거기하고 사돈할 때 뭐 땅 마지기나 준다고 그러더니, 그래 받았는가?"

"땅 마지기가 뭔고, 이 사람아! 준다 카더니 꿍꿍 무지래깜깜 무소식이네. 암것도 안 주네."

"그래? 그러면 그 사돈 재산 좀 뺏도록 해 주께, 내 말 좀 들을 랑가?"

"암, 듣지. 어예믄 글키 할 수 있는가?"

"그래. 자네 생일이 언젠가? 생일잔치를 열게."

"이 사람아! 생일잔치를 할라 캐도 뭐가 있는가? 아무것도 없이 생일잔치를 어예 하는가?"

"내가 돈을 대 주지. 자네 사돈을 청하게."

"그래? 알겠네."

양반은 생일잔치를 한다고 사돈을 청했어. 사돈은 생일 하루 전날 왔어. 사돈에게 저녁상을 잘 차려서 내오니 사돈이 말했어.

"사돈, 집안도 넉넉찮은데 웬 생일을 이키이렇게 잘했니껴?"

"사돈, 나는 사돈매로사돈처럼 그키 잘살 것 그트만 그래 인색하게 안 사니더. 요즘 사는 게 좀 나아졌니더."

"여예 가지고 그래 부자가 됐니껴?"

"아이고, 부자 되기 쉬워요."

"좀 갈채 주소. 갈채 주마 내 땅 몇십 마지기 사돈에게 넘가 주지요."

"또 처음매로 약속을 안 지킬라고요. 땅 준다 그디 한 마지기도 안 주더만서러."

"그럼 내 땅 문서까지 갖다 주께. 갈치 주소."

그러면서 부자 사돈은 양반에게 땅 문서를 갖다 주었어. 가난한 양반이 말했지.

"사돈, 꼭 내가 시킨 대로 해야 되니더!"

"하지요, 하고말고요."

"집에 감남기감나무 있니껴? 감남기 맨 머여먼저 핀 이퍼리를 꼭 봐 두소. 거기다가 한 달에 한 번쓱 제사를 지내고 성심을 들이소. 그 이퍼리가 단풍이 들어 가주고 뻘뚜그리하그덩붉게 되면 그걸 따 가주고 이마에 붙이소. 그러면 다른 사람 물건을 아무리 갖고 와도 암도 모르니더."

"아! 그래요? 그래 하지요. 제사 지내고 남은 떡은 사돈더러 갖다 주지요."

부자 사돈은 매달 초하룻날이 되면 감나무에 제사를 지냈어. 남은 음식은 가난한 양반 사돈집에 가져다주고 말야. 그러다가 초가을 어느 날 단풍이 들기 시작했는데 바람이 불어서 그만 단풍이 확 떨어져 버렸네! 그러니 어느 잎인지 찾을 수가 있어야지. 부자 사돈은 땅에 떨어진 잎들을 다 모아서 집으로 가져갔어. 그리고 처음 피었던 잎을 찾기 시작했지. 그리고 '이거다!' 싶은 것을 찾았어. 다음 날 그것을 이마에 붙이고 소 두 마리를 몰고 아들이랑 장에 갔대. 그리고 마음에 드는 물건들을 소 등에 싣고는 값도 안 치르고 주인에게 아무 말도 안 하고 왔어. 물건 주인이 어이가 없어서,

"어데 저런 사람이 있노? 남의 물건을 와 돈도 안 주고 기냥 가노?"

당장에 쫓아가서 멱살을 잡았지. 옆에 있던 아들이 놀라서

"아이고, 이 어른이 돈 내는 것을 잊어뿌랬니더. 내가 돈 물어 준다꼬!"

아들이 돈을 물어 주고 집에 와서 물었어.

"아부지 뭔 짓이 그런 짓이 있니껴? 돈도 안 주고 남의 것을 그래 신고 오니껴?"

"야야! 이거 크일 났다. 사돈한테 속았다. 감남기 이파리를 이마에 붙이마 남한테 안 보인다 캐 갖고 그랬디마는."

"아이고, 아부지. 크게 속았니더. 어데 그런 게 있니껴. 사돈한테 처음에 본시 줄라 그랬는 걸 안 조주어 가주고 땅 뺏을라고 그랬니더."

그래서 할 수 없이 부자 사돈은 가난한 양반 사돈에게 처음에 주려고 했던 땅을 주고 그렇게 살았대._예천군 개포면

3-8. 호랑이 잡은 양반

어떤 양반이 부자로 살 때는 종을 수십 명 두고 지냈는데 살림살이가 망하고 난 뒤에는 종도 모두 나가 버리고 살 도리가 없게 되었대.

'종들은 잘산다고 하니 찾아가서 쌀가마이나 좀 꿔 오까.'

이런 생각으로 옛날에 부리던 종을 찾아 나섰어. 그 종이 잘산다는 동네를 찾아갔더니 정말 어마어마하게 잘사는 거야. 그런데 상전이 종을 찾아가면 죽는다는 말이 머리를 떠나지 않았어. 종의 신분이었던 과거를 숨기고 사는데 옛 상전이 나타나면 좋아할 리가 없었지. 죽을 작정을 하고 갔지만 그 집에 들어가기는 무서웠어. 할 수 없이 동구 밖에 있는 큰 나무 밑에서 밤을 새우고 있었더래. 밤이 이슥해지자 바람이 부는 것이 어째 마음이 섬찟섬찟했어. 그래서 나무를 타고 올라가서 올라 앉았어. 그런데 이게 웬일이야. 웬 호랑이 한 마리가 나무 밑에 와서 뺑뺑이를 돌더니 나무 위에 올라앉은 양반을 잡아먹으려고 냅다 뛰어 오르는 거야. 호랑이 대가리가 양반의 궁둥이를 치받을 것 같은 지경이었어. 양반은 나뭇가지 하나만큼을 더 올라갔어. 호랑이는 양반을 잡으려고 더 뛰어 댔어. 그러더니 그만 나뭇가지에 목이 콱 끼어 버리고 만 거야. 목을 빼려고 버둥거리던 호랑이는 그럴수록 목이 완전히 끼어 버렸어.

"흠, 요놈이 날 잡아먹을라고 뛰다가 요기 와서 얽혔겠다! 요놈아, 죽어 봐라."

양반은 호랑이를 깔고 앉았어. 한참을 그러고 있으니 더벅머리 총각이 방패에 몽둥이를 들고 왔더래.

"이놈이 올 때가 됐는데."

혼잣말로 군소리를 하더니 위를 올려다보고는 깜짝 놀랐어. 호랑이가 나뭇가지에 끼어 아랫도리를 버둥거리고 있었으니 말이야.

"하이, 저놈이 어째 저 가 찡깄으까끼었을까?"

그때 양반이 대답했어.

"하이, 요놈이 나를 자꾸 해코지할라 해서 내가 잡아서 끼아 뿌릿지."

"아이구! 장군님! 내려 오시사."

양반은 나무 아래로 내려갔어.

"아이, 요놈이 우리 아버지를 잡아먹었는데 원수 갚을라고 수

년을 두고 싸워도 안 됐습니다. 근데 장군님이 요놈을 잡았으니, 이런 은혜가 어데 있겠습니까? 제 집으로 가입시다."

"에이, 갈 거 없다. 날 새면 볼일이 있네."

총각은 몇 번을 권하다가,

"그럼 이 다음에 뵐 것입니다."

하고는 호랑이를 둘러메고 갔어. 이튿날이 되자 양반은 용기를 내어 종의 집 대문 앞으로 갔어.

"여봐라!"

그 하인이 손님이 왔다고 주인에게 아뢰니 종이 나왔어. 내다 보니 예전 상전이 찾아 왔거든. 종은 당장에 달려나왔어. 누가 볼까 싶어서 말야. 얼른 양반을 안방으로 모시고 가더니 온 식구를 불러 인사를 시키고는 대접을 아주 잘 해줬어. 저녁이 되니 종이 와서 조용히 말했어.

"저기 조용한 방을 정해 놨은께 걸거기로 가십시다."

양반은 안 따라 갈 수가 없어서 따라갔어. 따라가다 보니 무엇이 훌떡 튀어 오르더니 자기 몸이 그만 땅속으로 쑥 들어가 버리는 거야. 정신을 차려 보니 지하에 파 놓은 구덩이에 쑥 빠져 버렸지 뭐야. 캄캄한 구덩이 속에 갇혔으니 나갈 도리도 없고 탄식밖에 안 나왔지.

"종한테 오마오면 죽는다드만 내가 꼼짝없이 죽었구나!"

종은 양반을 그렇게 가둬 놓고는 한 사내를 찾아갔어.

"총각 대장님!"

"왜!"

"오래된 상전이 찾아와가 우리 근본이 드러나게 됐지 뭡니까. 땅에 구디구덩이를 파서 거기다 가뒀습니다. 그래인께 좀 내리가서 처치 좀 해 주시소."

"음흠, 그럼 그러지 뭐."

총각은 종의 집에 가서 술을 거나하게 대접받고 말했어.

"이제 함 가 보까."

그리고 구덩이로 내려가서 몽둥이로 때려 죽이려고 보니 그 상전이 바로 호랑이 잡은 장군이야.

"아이구! 장군님 아니십니까?"

총각은 무릎을 꿇고서 머리를 조아렸어. 종은 얼떨떨했어. 그때 양반이 말했어.

"허어, 거 어쩌다 보이 내가 여 갇히서 이 주먹으로 다 때려치우고 나가까 어쩌까 하고 있는데, 아! 자네가 이렇게 와서 날 불러냈으니 이거 됐네그려."

"아이구! 그거 참! 네 이놈들! 큰일날 뻔했다. 내가 호랭이와 12년을 두고 싸웠는데도 못 당했는데 이분은 호랭이를 맨주먹으로 때리잡았다. 이런 양반을 여게 가둬! 야, 이놈아! 너거는 폐

문을 당할 것이다."

이 말을 들은 종은 손이 발이 되도록 빌고 양반에게 칙사 대접을 해주었대. 돈을 한 보따리 싸 주고 말야. 양반은 그걸 들고 기분 좋게 돌아왔대._상주군 화서면

3-9. 못생긴 사위 VS 무식한 사위

낙향한 정승 한 분이 있었대. 이분이 딸을 둘을 뒀어. 맏딸을 시집을 보냈는데 사위가 아주 양반에다 선비였대. 그런데도 좀 아쉬운 게 있었나 봐. 맏사위 얼굴이 얽고 검붉은 데다 대추씨처럼 생겼더래. 그래서 정승은 이렇게 생각했어.

'둘째 딸을 시집보낼 때는 아무리 학식이 부족하더라도 허우대 멀쩡하고 인물 좋은 놈을 구해야겠다.'

이런 마음으로 매파를 놓아 둘째 사위될 사람을 구했는데, 이 사람이 참말로 얼굴이 허여멀겋게 잘 생겼더래. 그런데 무식쟁이야. 그게 마음에 걸리기는 했지만 처음부터 각오했던 것이니 '뭐, 됐다!' 하고 둘째 딸과 혼인을 시켰어.

그런데 이 둘째 사위가 장가를 오더니 그저 놀고먹기만 하면서 처가를 조금도 어려워하는 기색이 없었나 봐. 게다가 무식하기는 이루 말할 수 없게 무식하고 말이야. 장인은 고민을 하기 시작했어.

'아, 이 둘째 사위를 어떻게 하면 좀 공부를 하게 해서 부지런한 사람을 만들겠노?'

장인은 궁리 끝에 둘째 사위를 맏사위에게 보내기로 했어.

"이 서방, 새로 온 김 서방 디리고데리고 놀러 좀 댕기게."

마침 그 고장이 동해안 바닷가 쪽이었대. 맏사위가 김 서방에게 말했어.

"어이 김 서방, 오늘 내 친구들하고 시 놀이가 있으이 바닷가로 한번 나가 보세."

경포대 근처, 바닷가 경치 좋은 곳에 앉아서 선비들이 시 놀이를 시작했어. 둘째 사위가 가만히 보니 맏사위 친구들은 모두 글도 잘하고 내로라하는 양반집 자식들이야. 그러니 글로서는 도저히 당할 수 없을 것 같았어. 시 놀이를 하는데 도대체 알아들을 수가 있어야지. 온갖 좋은 시를 읊어 대도 우이독경이야. 둘째 사위는 그저 이 눈치, 저 눈치만 보고 있었어. 그때 맏사위 친구들이 말했어.

"정승댁 사위가 이래 인물이 좋으이 글도 얼마나 잘하겠노."

그러면서 운자를 내놓으며 시를 읊으라고 박수를 치며 야단이야. 둘째 사위는 하기는 해야겠는데 천지에 아는 것은 없고 난감했어. 그때 맏사위가 옆에서 받아쓸 준비를 하고는 넌지시 말했어.

“이 사람아, 동서! 즉흥시로 아무 끼나 생각나는 대로 한번 불러 보게.”

둘째 사위는 용기를 냈어.

“한번 해보지요.”

그러고는 시 한 구절을 툭 던졌어.

“석화낙지한사발”

석화는 굴이잖아? 둘째 사위는 맏사위와 바닷가에 가서 석화와 낙지를 한 사발 잡아서 술안주로 했던 것을 떠올린 거야. 그것을 대담하게 읊었던 것이지. 그런데 맏사위는 이것을 ‘惜花落地還四發’석화낙지환사발로 받아 적었어. 그러고는 맏사위가 해석을 했지.

“애석한 꽃이 땅에 떨어지니 다시 사방에 꽃이 핀 것 같구나!”

선비들이 들어 보니 시 구절이 멋지거든. 그러니 계속 읊어 보라고 채근을 했어.

둘째 사위는 속으로 생각했지.

‘에잇, 빌어묵을! 나온 김에 한마디 더 하자.’

“조개꼬지시누리대”

조개 꿰는 데는 시누리대가 좋다는 뜻었어. 그런데 맏사위가 이렇게 받아 적었어.

"鳥歌枯枝新語利多."조가고지신어리다

새가 마른 가지에 앉아 노래를 부르니 새로운 말과 이로움이 많다. 즉 나무가 죽었지만 새가 노래를 부르니 나무에 새순이 돋고 생기가 돋아난다는 뜻이야. 선비들이 듣더니 박수가 대단해. 덕분에 둘째 사위는 한잔 잘 얻어먹고 집으로 돌아왔어. 부인이 남편을 보고 말했어.

"오늘 기분이 좋으네요?"

"기분이 좋기는 좋은데 아슬아슬하게 광대 줄타기보다 더 어려운 고비를 넘겼소."

"오떻게 해서 그래 됐어요?"

둘째 사위는 아내에게 있었던 일을 죽 이야기했어. 이야기를 듣고 아내가 말했지.

"여보, 오늘 일은 그래 넘겼다 하지만 점점 어려운 고비를 우예 넘기겠소? 오늘부터 글을 배우시오. 글은 내가 아는 대로 갈키가르쳐 드릴께니요."

"아, 그러마, 부인. 그래 해봅시다."

그래서 천자문부터 공부하기 시작했어. 근본 재치가 있는 사람이어서 열심히 하더니 이삼 년 뒤에는 과거에 급제를 했지. 늦게 벼슬길에 나갔지만 나중에 판서까지 했대._달성군 하빈면

3-10. 조상의 묘를 지킨 아이의 슬기

옛날 어느 정승이 부모상을 당했어. 그런데 자식 된 도리로 풍수 좋은 곳에 묘를 쓴다고 찾은 곳이 남의 무덤 뒤의 꼬리를 누르는 터야. 그 소식을 들은 그 무덤 주인의 자손은 밥도 못 먹고 한숨만 쉬고 있었어. 열두 살 먹은 아들이 보니 아버지가 식음을 전폐하고 있었거든. 그래서 여쭸어.

"아부지, 왜 밥을 안 잡숫니껴?"

"야야! 시방 어느 정승이 너 할배 산소 우에다 요디를 눌린다 남이 쓴 무덤 꼬리를 눌러 새로 무덤을 씀 카이, 내 힘으로는 입을 띠만떼면 죽을 께고 어떻게 하만 좋겠노?"

"에이고, 아부지 참! 걱정 마이소! 제가 알아서 할 낍니더."

"열두 살 먹은 놈이 뭘 안다꼬!"

"글쎄, 아부지. 걱정 마시라고요!"

그러더니 이놈이 그때부터 의복을 차려 입고 일산日傘을 받쳐

들고 부모상을 당한 정승을 찾아갔어. 그러고는 이 조그마한 놈이 정승 앞에 가서 예의를 갖춰 인사를 딱 하고는 말했어.

"지는 이 아래 사는 소동小童이올시다."

부모 상문을 왔는데, 아무리 어린 아이라 해도 정승이 인사를 안 받을 수가 없었지.

"지는 요 아래 사는 소동인데 이 무덤은 우리 조부님 산소입니더. 시방 대감님이 쓸라고 하는 산소는 임금님이 날 터입니더. 그래서 우리도 건드리지 않는 깁니더. 우리 아부지도 여기 쓸라 카다가 이 아래 쓴 깁니더."

그러고는 가 버리는 거야. 정승이 가만히 보니 자신이 마음대로 권력을 부리면 역적으로 몰릴 참이야. 만약에 아이 아버지가 밀고라도 하게 되면 능지처참을 당하게 될까 봐 두려웠지. 그래서 대감은 묘 터 파는 것을 얼른 그만두게 했다지 뭐야._봉화군 봉화읍

3-11. 가난한 선비의 행운

옛날에 아주 가난한 양반 있었어. 마당에 벼를 널어놓고 비가 와도 걷지 않고, 바람이 불어 집이 다 날아가도 상관하지 않고 책만 읽고 있는 거야. 아내가 하도 답답해서 남편을 구박했어. 그러던 중 한여름 장마철에 방천 둑이 터져서 논 서 마지가 쓸려 내려가 흙더미에 묻혀 버렸어. 그런데도 양반은 책만 읽고 있었지. 아내는 애가 타서 소리를 질렀어.

"야! 이놈의 영감아! 자식 서이 다 굶기 직이겠다. 뭐 묵고 살라꼬 그래 책만 들고 앉았소!"

그러고는 작대기로 남편을 쑤셔 댔어. 양반은 화가 나서 두루마기를 걸치고 밖에 나가 정처 없이 걸었어. 얼마나 갔을꼬, 집도 절도 없는 산길에 들어가서는 길을 잃어버렸어. 그러다가 바위 밑에 쪼그리고 앉았지. 그때 새파란 새댁 두 명이 산에 들어오더니 빌기 시작하는 거야. 한참을 빌더니 그중 한 명이 돌아서

며 하는 말이,

"밤중에 만난 사람인데 구해 주고 가야지 그냥 가마가면 안 되는 기다."

새댁들은 구해 주어야 한다, 안 된다 하며 실랑이를 벌이더니 양반에게 다가왔어.

"우짠 사람이 밤에 방우바위 밑에서 밤을 새우요?"

"알 거 없다! 가소!"

"그래도 밤중에 사람이 있는 걸 보고 우예 가요? 시장하기도 할 낀데 우리가 해 가지고 온 음석음식이 있으이 자시소. 그라고 밤을 새우소."

"안 묵어도 좋으이 가져가소."

"이 음석을 자시는 것을 봐야 가지, 안 그러만 못 갑니더."

양반은 은근히 배도 고프던 차에 할 수 없이 먹고는 음식 광주리를 돌려주었어. 그러자 그중 한 명이 말했어.

"우리 집이 가차운 데 있으이 거 가 주무시지요."

"뭐, 나는 여기서 자도 괜찮소. 남녀가 유별한데 내가 어이 부인을 따라가겠소."

하면서도 양반은 못 이기는 척 새댁들을 따라갔지. 한참을 가니 큰집이 나타났어. 선비가 문앞에 서 있으니 새댁들이 들어오라고 말했어.

"우리는 구둘막아랫목의 방언에 잘 게니 선비님은 웃목윗목에 주무시고 가시오."

양반은 시키는 대로 자려고 누웠어. 그런데 자다가 보니 자신도 모르게 새댁들과 동침을 하게 되었지 뭐야. 이튿날 아침이 되자 새댁들이 말했어.

"이제는 우리와 같이 살아야 합니더. 못 갑니더."

할 수 없이 양반은 여인들과 같이 살았지. 그렇게 세월이 얼마나 흘렀는지 몰라. 어느 날 양반은 생각했어.

"내가 자석자식이 돼 가주고 부모님 제사가 지나는 것도 모르고 되겠나?"

그래서 새댁들에게 말했어.

"내가 집에 가서 우리 부모님 제사는 모시고 와야 되겠소."

"그라마 옷을 딱 한 벌만 가주고 가이소. 가기는 가되 남의 말을 들으마 안 됩니더. 그라고 닭이 울기 전에 집을 떠나야지 닭 울고 나면 여게 못 들어옵니더."

양반이 집에 가 보니 아내는 기와집을 지어 놓고 치마를 끌며 제사 음식 준비에 부산하니 바빠 보였어. 아내는 남편을 보자 반갑게 맞으며 말했어.

"아이고! 영감! 어데 가서 그래 돈을 많이 벌어 보내고 이때꺼정 소식도 없이 있었소?"

선비는 돈이 어디서 나서 집을 지었는지 묻지도 않고,

"제사를 일찍 지내세. 제사 지내고 나는 갈라네."

제사를 지내고 선비가 집을 떠나려고 하니 아내가 두루마기 자락을 붙들며 말했어.

"암만 돈 마이 벌었다 캐도 살던 집에 처자석처자식이 있는데 우예 하룻밤도 옳게 못 자고 갈라 카요. 쉬 가지고 가소."

아내가 아무리 사정을 해도 양반은 집을 떠나려고 했지.

"에이, 이 빌어먹을 영감! 갈라믄 가소!"

집을 떠난 양반이 산길에 접어드니 웬 노인이 쑥 나타났어.

"내가 너 오기를 기다렸다."

"어떤 어른이신데 지를 기다렸십니꺼?"

"내가 너 아부지한테 부탁을 받았다. 너 아부지가 몇 년 동안 집에 제사 음석을 얻어 자시러 가도 자석이 없어서 섭섭했다 카더라. 오늘도 말하기를 우리 아들 보거들랑 부디 집에 돌아가서 자석들 데리고 살림 살고 있어라 카더라."

"예, 그라겠십니더."

대답은 그렇게 했지만 양반은 새댁들 집으로 돌아갔어. 살며시 담을 넘어 집으로 들어가 문구멍으로 방 안을 들여다보니 큰 구렁이 두 마리가 너불거리고 있는 거야. 양반은 지금 들어가면 죽겠다는 생각이 들었어. 그래서 가만히 밖으로 나와 대문을 두드렸어. 그랬더니 구렁이 두 마리가 금방 새댁들로 변해서 양반을 반갑게 맞이했어. 그러자 머릿속에 노인이 헤어질 때 했던 말이 떠올랐지.

"니, 만약에라도 꼭 여자들한테 간다 하믄 낼 아침에 여자들이 밥을 해줄 끼라. 그라마 밥 첫술을 하늘 한 번 쳐다보고 떠 넣어라."

다음 날 아침이 되자 새댁들은 반찬을 더욱 잘 해서 아침상을 차려 주었어. 양반은 가만히 생각했어. 어제 만난 노인의 말이 또 떠올랐기 때문이야. 필시 그가 사람은 아닌데 자신을 살리려고 하는지 죽이려고 하는지 분간이 안 되는 거야. 고민하던 양반은 새댁들의 말을 듣기로 했어. 제사 지내러 가기 전에 새댁들이 남의 말을 듣지 말라고 했었잖아? 그래서 하늘을 쳐다보지 않고 첫술을 떠먹었어. 그러자 새댁들이 손뼉을 치면서 나비처럼 춤을 추며 좋아하는 거야.

"서방님, 그럴 줄 알았십니더. 서방님 덕분에 인제는 우리가 살았십니더. 우리 자취가 없어질끼네 이 집에 있는 보화는 서방님이 다 가져가이소."

"이때까정 살다 왜 갈라 하는가?"

"엊저녁에 서방님이 돌아오실 때 어떤 노인이 하는 말이 어땠십니꺼?"

양반은 자초지종을 말해 주었어.

“그래요? 그 사람도 하늘에 죄를 짓고 우리도 하늘에 죄를 짓고 땅에 내려 왔는데 우리가 먼저 하늘에 올라갈까 봐 용심남을 시기하는 심술궂은 마음이 나서 그카는 깁니더. 만약 서방님이 하늘을 보고 밥을 떠 먹었시마 우리는 하늘에 못 올라갑니더.”

그러고는 새댁들은 나비처럼 훨훨 날아 하늘로 올라갔어. 새댁들이 올라간 뒤에 정신을 차려 보니 자기는 여전히 새댁들을 처음 만난 바위 밑에 앉아 있는 거야. 바위 밑에는 보배가 잔뜩 있고. 양반은 그 보배를 들고 집에 돌아와서 잘살았다는 이야기야._성주군 월항면

3-12. 양반 대추

세종대왕이 왕위에 오르고 난 직후의 일이야. 한 고을에 몰래 미행微行을 나가셨나 봐. 대장간을 지나가고 있는데 대장장이 부부가 아내는 풀무를 불고 남편은 달군 쇠를 메질하고 있었어. 그런데 메질을 할 때마다 이렇게 외치지 뭐야.

"불어라, 불미풀무야! 빚을 갚아야지. 빚을 낳아야지."

세종대왕이 아무리 들어보아도 무슨 뜻인지 알 수가 없었어. 세종대왕은 궁으로 돌아 와 신하들을 모아 놓고 그 뜻을 해석해 보라고 명했어. 하지만 아무도 그 뜻을 아는 신하가 없었지.

"대장장이가 그런 말을 하는데 명색이 임금이라면서 그 뜻을 해석을 못하니 이상한 일이다. 그곳에 가서 그 대장치는 사람을 납치해 오라!"

어느 영인데 납치를 안 할 수가 있었겠어. 신하들이 대장장이를 납치해 왔지. 당시에 '궁성에 납치를 당해 가면 살아오기 어렵다'는 설이 있었기에 대장장이 부부는 울고불고 야단이 났대. 대장장이 부부는 임금 앞에 붙잡혀 갔어.

"죽을 죄를 지었으니 살려 주이소."

"그런 게 아니라 고개를 들고 내가 묻는 대로 대답을 하라!"

그제야 대장장이 부부는 고개를 들었어.

"그대 고을에 한 신하가 나갔는데 그대가 풀무를 불 때 하는 말이 '빚을 갚아야지. 빚을 낳아야지.' 이런 말을 하면서 메질을 했다 하니 그 뜻을 해석하겠느냐?"

"예, 해석하겠십니더."

"그 뜻이 뭐냐?"

"선친 때부터 가사가 빈곤해서 부모한테 은공 받은 것을 보답을 못했십니더. 그 공을 갚기 위해서 열심히 일하고 노력하는 깁니더. 그래야 부모한테 진 빚을 갚을 수 있십니더. 또 자석한테 빚을 낳아 놔야 낸재나중에 자석한테 빚을 받을 수가 있잖습니까? 그래서 열성 있게 노력해서 빚도 놓고 빚도 갚고 하자는 뜻입니더."

세종대왕이 신하들과 가만히 생각하니, '비록 상놈일지라도 그 마음 자세가 참 착실한 놈이로구나!' 하는 생각이 들었어. 그래서 서로 상의했지.

"이런 이를 그냥 두기가 아까우니 양반 벼슬을 하나 주면 어떻겠느냐?"

효성이 지극한 대장장이는 그렇게 양반이 되었대. 궁성에 끌려가서 죽은 줄 알았던 대장장이가 양반이 되어 돌아 왔으니 동네 사람들은 깜짝 놀랐어. 양반이 된 대장장이는 말했어.

"세상에 우리 임금님을 어떤 공으로 보답하겠나? 내가 돈이 있어서 보답하겠나? 금은보화가 있어서 보답하겠나?"

그래서 대장장이는 집 뒷단에 대추나무 한 그루를 심었어.

"이거를 키아 가주고 대추라도 내가 손수 임금님께 대접해야겠다."

그 대추나무가 1년, 2년 지나더니 대추가 주렁주렁 열렸어. 그래서 대추를 모두 따 버리고 서너 개를 남겨서 봉투를 씌워 놓았어. 그랬더니 대추가 참외만큼 커지는 거야.

그러던 중 세종대왕은 상놈에게 양반 벼슬을 주고 나니 이놈이 백성들에게 민폐나 되지 않는지 걱정이 되었어. 그래서 민가로 몰래 미행을 갔더래. 대장장이 양반 집에 갔더니 대장장이는 없고 그의 아내만 있었어. 임금님은 그 집 대추나무에 달려 있는 종이봉투를 보고 물었지.

"요것이 뭣이냐?"

허름한 옷차림을 한 과객이 물어보니 아내는 임금님인 줄 모르고 소리쳤어.

"그 대추는 상납할 끼이께네 함부로 손대면 안 되니더!"

세종대왕이 가만히 생각하니

'나라에 상납을 한다면 나한테 할 것인데, 그 참 놀라운 놈이로구나!'

그때 대장장이 양반이 나타났어. 그런데 이 양반이 보니 임금님이 자기 집 앞에 허름한 차림으로 서 있거든. 양반은 깜짝 놀랐지. 임금님께 얼른 절을 올린 뒤 대청으로 모셨어. 그리고 아내에게 대추를 따오라고 했어. 아내가 대추를 따서 깨끗이 씻어서 쟁반에 가지고 왔는데 대추가 워낙 커서 깎아 먹을 정도였지. 세종대왕이 대추를 깎아 드시니 요기가 되었나 봐. 그래서 이렇게 말했대.

"양반이 심은 대추나무의 대추는 한 개만 먹어도 요기가 되는구나." _달성군 가창면

4부

여성들의 재치와 슬기

4-1. 지혜로운 며느리들

달성군 화원면 설화동에 김씨 부자가 있었는데 재산이 아주 많았지. 이 사람이 아들 둘을 두었는데 큰아들은 재산을 잘 관리하며 살았는데, 작은아들은 노름을 많이 해서 재산을 탕진하며 애를 먹이는 거야. 그래서 작은아들에게는 더 이상 재산을 주지 않았어.

그런데 다행스럽게도 큰며느리, 작은며느리가 둘 다 지혜로웠지. 어느 날 작은며느리가 보리이삭을 주워서 자기 집에 널어놓았는데 이웃 닭이 와서 다 쪼아 먹어 버렸어. 없는 살림살이에 이삭 하나도 아까운 처지라 그것을 큰집 마당에 가져가 널어 놓았어. 널어놓고는 또 보리 이삭을 주우러 갔지. 시어머니는 힘들게 사는 작은며느리가 너무 애처로워 보였어. 그래서 큰집의 보리를 작은며느리 보리 멍석에 한 움큼 던져 넣었어. 큰며느리는 그것을 보았지만 못 본 척했어. 작은며느리가 보리이삭을 주워

와서 보니 아침보다 이삭이 많아진 거야. 마르면 적어져야 하는데 많아져 있으니 이상하잖아. 그래서 보리 한 움큼을 큰집 보리 멍석에 옮겨 놓았어. 이것을 본 큰며느리는 생각했어.

'참, 과연 우리 동서 하나는 잘 봤구나!'

그러다가 시아버지 환갑이 다가왔어. 큰며느리가 작은집에 가서 말했어.

"동서, 요번 아버님 환갑은 자네가 전부 상을 채리야 되겠네."

"그 머, 하지요."

"그라먼 오늘 저녁에 나한테 오게."

큰집에 온 작은며느리에게 큰며느리가 말했어.

"좌우간 자네는 내 시키는 대로만 하게."

큰며느리는 그동안 모아 두었던 돈을 작은 작은며느리에게 주었어.

"동서, 이걸로 소 잡고, 떡 하고, 술도 빚게."

이렇게 아버님을 위한 큰 잔치 열자 그 소문이 파다하게 났어. 그러자 작은아들과 노름하던 친구들이 말했어.

"야, 이 자석아. 죽거라 마! 너는 이렇기 애를 먹이는데 너 댁은 말이지, 보리 이삭을 주워 가민서 시아버지 환갑을 전부 다 채린다 카는데, 너는 말이지 사람이 아인기라. 너는 소 같은 인간이다."

잔치에 온 동네 어른들은 아버지에게 말했어.

"자네는 참 며느리 잘 봤네. 아들은 저래 못됐는데 말이지. 며느리는 저래 충실하니끼 말이지. 참 며느리 잘 봤네."

그때 큰며느리가 작은며느리에게 말했어.

"자네 술 한상 차리게."

큰며느리가 술상을 들고 시아버지에게 들고 갔어. 그러고는 기분이 좋은 시아버지에게 말했어.

"아버님, 동서가 이렇게 몬 살면서도 아바님 환갑을 이래 차렸는데 다른 사람 밭에 들어가서 보리 이삭은 안 줍도록 논 두어 마지기만 주이소."

시아버지가 가만히 생각해 보니

'자석은 밉지만 며느리를 봐서는 논을 줘야 되겠다.'

싶었어. 그래서 시아버지는 땅을 주었어. 그러자 작은아들이랑 더불어 노름을 하던 친구들이 말했어.

"임마, 너는 노름을 할라거든 죽어라."

그후로 못된 아들은 행실을 고치고 형제끼리 우애도 참 좋아졌어. 작은아들은 아버지가 자기에게 땅을 준 것이 형수와 아내 덕분이라고 생각하지 않고 형님이 자신에게 인정을 베풀어 아버지에게 말씀을 잘 드려 준 덕분이라고 생각했어. 그러면서 자랑하고 다녔지.

"우리 형제는 이래 정이 있어 잘 지낸다."

며느리들이 보니 어이가 없어. 그래서 두 아들을 시험해 보기로 했지. 하루는 장에서 고기를 사 가지고 왔는데 작은아들이 말했어.

"큰집에 좀 안 주나?"

"뭐할로요. 저거는 말이지 소고기를 얼마나 사 가지고 와서는 먹으민서 우리한테 안 주던데 우리도 주지 맙시다."

큰며느리도

"작은집에는 주지 마소."

이러니 형제가 정이 갈라졌어. 그제야 며느리들은 말했어.

"보시오. 당신네 인정이 그렇게 좋은데 왜 사이가 벌어졌어요? 당신네 우애가 좋아진 게 당신네 역할이오? 이기 다 우리 역할이지?" _달성군 화원면

4-2. 함부로 남의 부인을 넘보다니!

예전에 어떤 원님이 도임到任을 했는데 그 고을에 이름나게 아름다운 부인이 있었어. 이 원님이 원래 욕심이 많고 자기 세력을 과시하고 싶었던 사람이야. 그 부인을 뺏고 싶어서 남편을 원에 오게 했어. 남편은 가지 않을 수가 없었어.

"원님, 아무 데 소신이 왔습니다."

"어, 왔느냐?"

그러더니 원님이,

"내가 오늘 수제수수께끼를 한 가지 내는데, 니가 맞히면 내 돈 천금을 너에게 내리 주고 몬 알아올 제는 너거 부인을 날 줘야 한다." 하는 거야.

그러고는 하늘의 해를 쳐다보고 말했어.

"저 해가 하루에 몇 리를 가느냐? 사흘 말미를 줄 낀께 알아 오너라."

"예, 그라지요."

그렇게 대답을 했지만 아무리 생각을 해도 해가 하루에 몇 리를 가는지 모르겠지 뭐야. 집에 오니 부인이 남편에게 물었어.

"오늘 고을 원님이 어예가 부릅디까?"

남편은 원에서 있었던 일을 소상히 말했어.

"하, 그거는 적정 마소. 사흘 뒤에 내가 대신 가겠습니다."

"그래야."

사흘 뒤에 부인이 원에 올라가서

"원님, 아무 데 소신이 왔습니다."

"아, 왔느냐? 알아 왔느냐?"

"예, 알아 왔십니더. 하루 해가 오십 리를 가고 더 몬 갑니다."

"왜 오십 리배끼밖에 몬 가느냐?"

"지가 아침에 자고 일어나가지고 머리 감을 물을 데워 가주고 머리를 빗고 나니께 동쪽 해가 솟구칩니다. 그 질길로 내가 나서 가주고 친정에 가면 해가 물쑥 빠집디다. 우리 친정이 오십 리인께, 그러이 해가 오십 리밖에 몬 갑니다."

그러니 원님이 할 말이 없는 거야. 그때 부인이,

"원님, 지가 한 가지 묻겠습니다. 지가 이 문으로 나가겠습니까? 저 문으로 나가겠습니까?"

그 질문은 이 문으로 나간다고 하면 저 문으로 나갈 터이고 저 문으로 나간다고 하면 이 문으로 나갈 수 있는 터라 원님은 탄복만 할 뿐이었지.

"하, 이 거 안 되겄다마. 야들아, 돈 천금 세아리서헤아려서 이 댁 갖다 드리라." _군위군 산성면

4-3. 세 개의 구멍

세 명의 정승이 있었어. 정승들은 나이가 들자 벼슬을 그만두고 모두 고향으로 내려왔어. 그런데 오자마자 한 정승이 죽었어. 죽은 친구의 문상을 가려고 집을 나서는 한 정승에게 그의 딸이 말했어.

"아부지, 문상 가시거든 은짱銀帳을 걸어 놨나 보이소. 걸어 놨거들랑, 은짱을 떼고 보이소."

"상주들이 은장을 띠그러떼게 하나?"

"친한 친구이께 괜찮을 낍니더. 은짱을 떼고 보면 표적이 있을 낍니더."

문상을 가니 정말 은장이 걸려 있었어. 정승이 은장을 떼려고 하니 상주들의 눈치가 보이는 거야. 그러나 워낙 친한 친구이니 상주들이 허락을 해주었어. 은장을 떼어 내 보니 시커먼 구렁이가 한 마리 실실 기어 나오더니 산으로 도망을 치지 뭐야. 정승은 따라 올라가 보았어. 구렁이를 따라 뒷산으로 갔더니 아주 조그마한 구멍 세 개가 있었어. 구렁이는 그중 하나의 구멍으로 들어가려고 했어. 그런데 구렁이 몸뚱이는 굵지, 구멍은 작으니 구렁이가 몸을 비비며 들어가는데 피가 나고 껍질이 다 벗겨지는 거야. 그 모습을 보고 정승은 집으로 돌아왔어. 딸이 물었지.

"아부지, 어떻습니까?"

"은짱을 떠고 보이 그리 되더라. 이제 구멍이 둘 남았다."

그러던 어느 날 또 다른 정승이 죽었어. 당연히 부고가 왔지. 문상을 가려고 집을 나서는데 딸이 말했어.

"먼저처럼 또 은짱을 떼어 보이소."

정승은 딸이 시키는 대로 했대. 은장을 때어 내 보니 또 구렁이가 실실 기어 나오더래. 그 구렁이도 뒷산으로 가더니 두 개 남은 구멍 중에 하나의 구멍으로 들어갔어. 이번에도 지난번과 마찬가지로 구멍이 작으니 구렁이 몸에 피가 나고 껍질이 벗겨졌어. 그래도 구렁이는 그 구멍으로 들어갔대. 이제 구멍은 한 개가 남았지. 정승은 집으로 돌아와 딸에게 이런 이야기를 했대. 딸이 듣고 말했어.

"한 개 남은 구멍은 아버지가 드갈 깁니다. 아부지가 안 드갈라 카만 지 말대로 하면 됩니다."

"그래, 거 우야만 되겠노?"

"이 재산 마카'말끔'의 방언. 조금도 남김 없이 아부지가 정승 벼슬하시면서 백성들에게 못할 짓 해가꼬 모은 거 아입니꺼. 그러니께 이 재물 다 내던지고 몸띠만 가지고 지를 따라 나서이소."

친구들이 그렇게 죽어 가는 모습을 본 정승은 딸의 말을 안 들을 수가 없었대. 그래서 재물을 다 나눠 주고 몸뚱이만 가지고 부인과 함께 딸을 따라 나섰어. 그렇게 길을 가다 보니 큰 강이 나타났어. 어떻게 할까 고민하고 있는데 갑자기 강이 갈라지며 길이 생겼어. 정승과 딸은 갈라진 강을 걸어갔지. 그런데 그때 뒤에서 "푸푸!" 하는 소리가 들리는 거야. 정승의 부인이 물에 빠져서 허우적대는 소리였어. 그 모습을 보고 딸이 소리를 질렀어.

"어무이! 살라만 몸에 지닌 거 모두 내던지고 오이소."

정승의 부인은 몸에 지닌 패물을 다 버렸어. 그러자 부인이 빠졌던 강물이 갈라지며 길이 생겼어. 정승과 부인과 딸은 그 길로 용왕국에 가서 잘 살았대._구미시 원평 1동

4-4. 현명한 며느리

나 진사, 송 진사는 서울 과거장에서 만나 서로 친구가 되었어. 그들은 과거가 끝난 뒤에도 한 달을 같이 어울렸지. 나 진사와 송 진사에게는 서너 살 되는 딸과 아들이 있었어. 두 사람은 헤어지면서 서로 사돈을 맺기로 약조하고 헤어졌지. 아이들이 성년이 되자 나 진사가 송 진사에게 청혼을 했어. 송 진사는 당연히 받아들였지. 혼인날이 되어 나 진사와 딸이 송 진사 집에 신행을 가 보니 부잣집이라고 하던 집이 서까래는 나발을 불고, 비가 샌 벽에는 청룡황룡이 날아다니고 있는 초가집이었어. 좋은 집에 시집보낸다고 그렇게 자랑하시더니 이것이 뭔이야! 딸은 아버지가 원망스러웠어.

"아바이, 평상에 이 딸의 집에 오지 마이소."

시집을 왔는데 집에 먹을 것이 하나도 없는 거야. 쫄쫄 굶은 색시가 마당에 앉아 있으니 저 멀리 보니 기와집이 보여. 색시는 시동생에게 물었어.

"저 집이 누구 댁입니까?"

"잘 사는 권씨 댁이요."

"낼 내하고 같이 가 보입시다."

다음 날 새벽에 가 보니 문을 아직 안 열었어. 마당쇠를 불러서 주인 좀 불러 달라고 말했지.

"마님, 대문 간에 어떤 새댁이가 찾아왔십니더."

"누군고?"

그때 색시가 들어 와서 대답했어.

"지는 송 진사 집에 시집온 사람이온데 짚 열 동하고 나락 열 섬만 빌리 주이소. 올 가실가을걷이해서 갚아 드리겠십니더."

맘씨 좋은 권씨 댁 마님은 아무 날 보내 준다고 약속했어. 새댁은 집으로 돌아와서 가족회의를 열었어.

"아바님 제가 권씨 댁에 가서 짚 열 동과 나락 열 섬을 빌리 달라고 했십니더. 우얄랍니꺼."

"니 요량해서 해라."

"그라만 내 시키는 대로 하이소. 우리 고부는 하루에 베 두 필을 짤 낍니다. 시동상과 세 부자께서는 하루에 개똥 세 망태기씩, 나무 석 짐씩 해 오이소."

그렇게 시작하여 개똥으로 거름 한 무더기가 만들어졌어. 새댁은 강변에 가서 새끼줄로 금줄을 치고 호박 구덩이에 그 거름을 넣어 농사를 지었어. 그렇게 매년 농사를 열심히 지었더니 십 년 만에 사백 석을 수확하는 부자가 되었대. 그렇게 현명한 며느리가 있었대._성주군 대가면

4-5. 대담한 새색시

백여 호의 마을에 아주 큰 부잣집이 있었어. 그런데 그 집에서 며느리만 들이면 사흘이 지나 죽어 버리곤 했지. 그러니 이제 아무도 그 집으로 시집오려는 사람이 없었어. 그런데 어느 마을의 가난한 집 딸이 나섰어.

"지가 시집을 가겠십니더."

찢어지게 가난한 딸의 부모는 허락할 수밖에 없었어. 새색시가 시집을 왔건만 그 방 근처에는 사람들이 얼씬도 하지 않았어. 색시는 크게 마음을 먹었어.

'이눔의 집구석에 머가 있어 가주고 사람이 들어오마 이래 죽이노?'

그렇게 생각하며 색시는 인두를 화로에 꽂아 놓고 바느질만 하고 있었지. 사흘째 되는 날, 한밤중에 우두두두 하는 소리가 나며 그 큰 집이 흔들렸어. 그러더니 색시 방의 문을 덜컥 열고 아주 예쁜 여자가 들어오지 뭐야. 그러더니 바느질을 하고 있는 색시 앞에 털썩 앉았어. 색시는 벌건 인두를 그 여자 앞에 들이댔어.

"니가 사람이가? 귀신이가?"

그러자 이 여자가 훌쩍 달아나 버렸어. 색시는 벌떡 일어나서 따라갔지. 따라가다 보니 여자가 담 아래 구멍으로 쏙 들어가 버리는 거야. 색시는 얼떨결에 치마를 좌르르 뜯어서 담 밑의 구멍을 꽉 막아 버렸어. 그리고 방으로 다시 돌아 왔어.

다음 날, 아침이 되었는데도, 식구들은 아무도 색시 방에 와 보지 않았어. 당연히 색시가 죽었다고 생각했기 때문이지. 참다 못해 새색시가 소리를 쳤어.

"여게는 사람이 없십니꺼? 사람이 자고 나가면 인기척이 있어야 할 낀데 우예 이래 깜깜합니꺼?"

"하이고! 아씨요!"

그제야 종들이 나타났어.

"색시가 들오면 하도 돌아가시고 해싸가, 그래가 태무심했십니더."

"너거, 저 담을 한번 뜯어 보거라. 담 궁구멍에 내 처매치마를 뜯어가 막아났시이. 담을 뜯어 보라고."

종들이 담을 뜯어 보니 담 아래 물냉이가 자라고 있었어. 그런데 그 물냉이가 하도 오래되니 사邪가 끼어서 새색시가 시집 오면 그 방에 쏙 들어앉고, 쏙 들어앉고 그랬나 봐. 그러니 새색시들이 놀라서 죽어 버린 거였지. 하지만 대담한 색시는 안 죽고 잘 살았대._성주군 대가면

4-6. 도둑 둘을 잡은 아내

도둑질을 하는 남편을 둔 여자가 있었어. 남편은 행실이 그런데도 여자는 바른 마음을 가지고 있었지. 그런데 도둑놈이 도둑질에 환장이 들면 도둑놈 집을 또 도둑질하나 봐. 도둑놈이 도둑질해서 훔친 물건을 집에다 쌓아 놓았는데 이 집에 다른 도둑이 들었어.

"저놈이 나보다 많이 훔쳤으니 내가 훔쳐 가야겠다."

도둑놈 아내가 방에서 베를 짜고 있는데 다른 도둑이 흙벽에 구멍을 내고는 물건을 하나씩 빼 가려고 시도를 하는 거야. 아내는 그냥 가만히 보고만 있었대. 베만 계속 짜면서 말야. 다른 도둑놈이 한참 벽을 파내더니 아내가 베를 짜고 있는 방으로 머리를 쑥 들이미는 거야. 그 틈을 놓치지 않고 아내는 베틀에 도둑놈 목을 끼워 넣고는 목침나무 베개을 괴어 놓았어. 그러니 이놈은 꼼짝을 못하게 된 거지. 빼도 박도 못하게 된 거야. 머리는 방 안

베틀 밑에 끼어 있고 몸뚱이는 바깥에 있고.

도둑놈 집에 도둑질을 하려고 온 다른 도둑놈이 그러고 있는데 주인 도둑놈이 도둑질을 해서 집으로 돌아 왔어. 돌아와서 보니 웬 놈이 그러고 있거든.

"저 바깥에 웬 사람이 저러고 있는고?"

주인 도둑놈의 아내가 대답했어.

"저 사람이 시방 우리집에 도둑질하러 왔다가 저리 되었으이께니 당신도 명대로 살라면 도둑질하지 마소. 도둑질하다가 저 사람 꼴 나면 당신도 죽어요."

그 꼴을 보고 주인 도둑놈이 말했어.

"아, 그 거 참! 그렇겠다."

도둑놈이 그 모습을 보고 회심을 해서 다시는 도둑질을 하지 않았대. 아내가 남편의 나쁜 버릇을 잘 뜯어 고친 거지. 빼도 박도 못하게 되어 있던 도둑놈도 나중에 머리를 빼 주었더니 다시는 도둑질 안 하더래. 여자가 두 도둑놈 버릇을 잘 뜯어고쳤지?

_예천군 개포면

4-7. 처녀의 글재주

황씨 집에 딸이 하나 있는데, 나이가 열일곱 정도 되었어. 황씨가 어느 날 딸 방에 들어가 보니 글을 지어 놓았어. 뭐라고 지었는고 하니,

유의하니 양각이라
다정하니 쌍합이라

풀자면 이런 거야.

'뜻이 있어 두 다리를 열고 정이 많아 두 허리를 합하는구나'.

나이를 먹을 만큼 먹은 딸이 이런 음탕한 글을 지어 놓으니 딸이 잡스럽다는 생각이 들어서 황씨는 너무나 화가 났어. 그래서 당장에 아들을 불러서 말했지.

"요년을 물에 갖다 던져 넣어 뿌라!"

아버지가 시키니 할 수 없이 동생을 데리고 나왔으나 오라비

는 차마 그럴 수가 없었어. 그래서 동생에게 남복을 시키고 나서 말했대.

"아무 데나 가서 살아라."

동생과 헤어진 오라비가 집으로 돌아오니 아버지가 물었어.

"니, 동생 우옜노?"

"물에 가서 없앴심더!"

동생은 오라비와 헤어진 뒤 그 길로 양주로 갔어. 양주 어느 동네에 가서 이씨 총각과 남복을 입은 상태로 공부를 했어. 그런데 이씨 총각이 가만히 보니 예쁘장하게 생긴 황씨 총각이 이상해. 그러다가 어느 날 황씨 총각이 오줌 누는 모습을 보게 되었어. 그런데 글쎄 앉아서 오줌을 누는 거야. 이씨 총각은 즉시 황씨 집에 편지를 보냈어.

"황씨의 한 잎사귀가 가을바람에 떨어져 유화에 접을 붙이나이다."

이씨 총각은 황씨 처녀의 사정을 알게 된 후 청혼을 했어. 둘은 바로 혼례를 올리고 살았지. 그 뒤에 자식들이 태어나자 외가를 찾았어. 아버지 황씨는 딸에게 그동안 오해였다고 말했어. 사실 딸이 지은 글은 가위를 보고 지은 글이야. 가위가 본디 그렇게 생겼잖아._성주군 성주읍

4-8. 이놈, 고마 훑어 가거라!

옛날에 정승이 죽고 정승 아들이 고을 원님을 했는데 지방 감찰의 횡포가 너무 심했대. 감찰이 나오면 동네에 있는 것을 싹 쓸어가서 쑥대밭으로 만들었나 봐. 감찰이 나오면 훔쳐 가는 것이 너무 많아서 먹을 것이 없어지니 정승 부인은 너무 배가 고팠어.

"야야! 우예 멀 거 없나?"

"어무이, 감찰이 왔다 가고 나니 이래 됐습니다."

"그라? 그러면 훗번에 또 그 감찰이 언제 도임된다노? 그날 내게 알려라."

또 감찰이 오는 날이 되었어. 감찰이 온다고 소문이 나니 고을 사람들이 들입다 법석을 떨고 있는데 정승 부인은 농을 뒤집더니 까맣게 때 묻은 일산日傘대를 하나 찾아냈어. 정승 부인은 그것을 안동 입구 다리목에 걸어 놓으라고 했어. 감찰이 오며 보니 얼핏 일산대가 보이지 뭐야.

"거, 가매가만 좀 멈차라멈춰 보자."

감찰이 자세히 보니 정승의 일산대야. 감찰은 깜짝 놀라서 얼른 바닥으로 내려와 무릎을 꿇고 기기 시작했어.

"이 일산대가 어서 나왔노?"

"시방 현 원님의 집에서 나왔심더."

감찰은 그 즉시 기어서 원님의 집 앞까지 갔어. 그러니 무릎이 다 해어졌지.

"한 번만 살려 주이소."

그때 정승 부인이 나서서 호령을 했어.

"네 이놈! 니가 교만한 권력을 가주고 이 백성을 못살게 하니 내가 배가 고프다. 이놈! 내가 이만 한 권력을 가주고 있지만 이 배가 고플 적에는 니가 얼매나 훑어 갔으마 이래 됐겠노?"

"한 번만 용서해 주시마 다시는 그런 일이 없겠습니다."

감찰은 그 길로 돌아가서는 다시는 그 고을에 감찰로 부임한 적이 없었다고 해. 그 뒤로 그 고을은 아주 잘살게 되었대._봉화군 봉화읍

4-9. 여자 대장부, 이 정승 딸

옛날에 김 정승이 이 정승 집에 딸이 있다는 소리를 듣고 아들을 장가보내고 싶은 마음이 있어서 며느리 될 사람 선을 보러 갔어. 가 보니 이 정승의 딸이 사람이 좋기는 한데, 하는 행동이 꼭 남자 같은 거야. 김 정승 마음에 썩 들지는 않았지만 이미 말은 꺼내 놓았고, 할 수 없이 혼인을 하기로 했어. 그리고 얼마 후에 이 정승 딸이 시집을 왔지.

시집온 며느리가 어찌나 자기 주장이 강하던지 시어른이든 신랑이든 가리지 않고 모조리 시키거나 가르치려 들어. 김정승은 기분이 안 좋았지만 가만히 보니 며느리가 하는 일이 모두 옳은 일이야. 그래서 그냥 두기로 하며 그럭저럭 일 년, 이 년이 지났어.

그동안 신부가 신랑에게 장기 두는 것을 가르쳤어. 그런데 신랑이 얼마나 장기를 잘 두게 되었는지 서울 장안에 김 정승 아들이 장기 잘 둔다는 소문이 쫙 퍼졌어. 그랬더니 나라에서 제일 가는 부자에게서 장기 두러 오라고 청이 왔어.

신랑이 장기를 두러 가니 신부도 당연히 따라갔지. 부자 영감이 전 재산을 걸고 장기를 두자고 하는 거야. 신부는 신랑에게 넌지시 그러라고 말했어. 신랑이 장기를 두려고 하자 신부는 앉아서 어깨너머로 훈수를 두었지. 첫판은 시르르 져 주었어. 져 주니 부자 영감은 신이 났어. 그런데 두 판째부터는 신랑이 이기기 시작했어. 세 판째에는 부자 영감이 확 망쳐 버렸지. 전 재산을 걸고 장기를 두었으니 신랑 신부는 부잣집 살림을 모조리 취해서 돌아왔어.

돌아오자마자 신부는 그 돈으로 전국에 있는 쌀을 사 들였어. 알고 보니 그때 왜적이 쳐들어온다는 소문이 있었던 거야. 신부는 그 쌀을 군량미로 썼대. 그리고 의병이 되어 앞장서서 병사들을 이끌어 이겼다는구만._군위군 산성면

4-10. 아내와 돌탑

살기가 어려운 부부가 있었어. 가난한 살림에 아이 삼남매를 낳아 놓고 나니 더는 아이를 낳으면 안 되겠다는 생각이 들었어. 그런데 그게 마음대로 안 되니 남편이 집을 떠나야겠다고 마음을 먹었어.

"마누라, 내가 어데로 가 가주고 십 년만 살다가 오꾸마. 아들 데리고 잘 살아라."

그러고는 남편은 나가 버렸어. 나가서는 아무 소식이 없었지. 사실 남편은 남의집살이를 시작한 거였어. 그 뒤 아내는 도랑에서 일곱 개의 돌을 주워 와서 탑을 쌓았어. 그리고 그 탑에 주야로 공을 들이며 남편이 무사히 돌아오기를 빌었어. 그렇게 십 년이 흘렀어.

남의집살이를 끝내고 이제 남편은 집으로 돌아가기로 했어. 주인은 쇠돈을 쌀자루에 넣어서 묶어 주었어. 그런데 그것이 꼭 송장을 묶은 모양이야. 그것을 둘러메고 걸어서 집에 돌아오는데 큰 산을 넘게 되었어. 그 산꼭대기에는 집이 한 채 있었어. 날은 이미 저물었고 불이 빤하게 보이니 그 집으로 들어갈 수밖에. 주인을 찾고 사정을 말하니 들어오라고 했어.

"그기 뭣이요? 집에다 갖다 놓으소."

"이기 울 아부지 신첸데 넘우남의 집에 몬 갖다 놓겠소."

그것을 집 앞 담장에 내려놓고 들어가서 앉아 있으니 주인 영감과 그의 아내의 얘기 소리가 들려 왔어.

"골목에 저기 뭣이더노?"

"손님이 자기 아부지 시체라 카미서 거기다 니라내려 놓고 왔심더."

"그래? 그라마 참말인지 내가 칼 가주고 가서 내미냄새를 한번 맡아 보까?"

주인 영감이 냄새를 맡고 오더니 아내에게 말했어.

"내미를 맡아 보니까 우야이 쉰내가 나고 우야이 비린내가 나고 이런다."

이런 얘기 소리를 듣자 남편은 몸이 떨려 왔어.

'인자 내가 죽었고나. 십 년을 넘우 집 살아 가주고 번 돈을, 저놈우가 뺏을라 카네. 그러믄 날 안 쥑이겠나?'

이런 생각이 들었지만 방에 가만히 앉아 있는 수밖에는 다른 도리가 없었지.

그때 주인 영감이 문구멍으로 남편이 앉아 있는 방을 들여다 보았어. 그랬더니 이게 웬일이야? 굴건제복한 사람 일곱 명이 방에 앉아 있는 거야.

"거 방에 우얀 사람이 일곱이 있네?"

"아이고 뭔 소린교? 혼자밖에 안 들어갔심더."

"그라마 밥을 몇 그릇 들일까 물어봐라."

그 얘기를 방 안에 있던 남편이 들었어.

"밥을 몇 그릇 드릴까예?"

"밥 한 그릇하고, 숟가락은 일곱 개 주소."

이 소리를 듣고 주인 영감이 아내에게 말했어.

"하이고, 봐라. 일곱 명이 맞다. 숟가락 일곱 개 달라 안 카나? 그리이 저거를 내 함 건디리 볼라 캐도 일곱이 나오마 우리가 안 죽겠나? 내 몬 건드리겠다."

다음 날 아침이 되었어. 주인 아내가 문에 와서 또 물었어.

"아침을 우예 채려 드릴까예?"

"엊저녁맹키로 밥은 한 그릇 하고 숟가락은 일곱 개 주소."

주인 영감이 또 문구멍으로 들여다보니 굴건제복한 사람 일곱 명이 앉아 있었어. 아내는 혼자 들어갔다고 하고, 영감은 일곱 명이라고 하고 내외간에 옥신각신하는 사이에 남편은 밥 얻어먹은 값을 치르고 송장 모양 같은 쌀자루를 둘러메고 그 집을 나왔어. 남편이 다시 산을 올라가는데 주인 내외가 그 뒷모습을 보니 굴건제복한 일곱 명이 나란히 따라 올라가더래. 주인 영감이 말했어.

"봐라! 만약에 저 사람들을 건디렀으마 우리가 다 죽을 뻔 안 했나? 저게 일곱이 안 올라가나?"

그때 고향집에서 돌탑을 쌓아 놓고 공을 들이던 아내는 돌탑에서 물이 조르륵 흘러나오는 것을 보고 깜짝 놀랐어. 참 이상하다고 생각하고 있는데 마침 남편이 돌아온 거야.

"하이구 그래, 당신이 올라꼬 돌이 땀을 흘리고 물이 나고 그랬구마요."

"뭔 소리고?"

"당신이 간 연후에 도랑에 가서 돌 일곱 개를 모아 가주고 이때꺼정 공을 디렸디만은 그기이 칠성七星이었던 거라예. 오늘은 아직아침 전에 가서 공을 디릴라고 보이까네, 돌이 땀을 흘리가주고 땅이 다 젖었어예."

"그래, 내가 엊저녁에 죽을 거로 살았네."

하며, 어제 저녁에 있었던 일을 얘기해 주었어. 아내가 공을 들인 덕분에 굴건제복한 칠성이 다른 사람 눈에 보여 남편이 살아서 돌아온 거지._달성군 유가면

4-11. 시숙의 상사병을 낫게 한 제수

두 형제가 장가를 가서 한 집에 살고 있었어. 그런데 형이 말이야, 자기 제수를 보면 마음이 설레는데 내색은 못하고 그러다 병이 되었어. 그렇게 여러 달이 지나다 보니 이 사람이 죄책감이 들어서 자기 아내에게 사실대로 털어놓았어.

"이 사람아! 내가 이런 말하기는 머식하지마는 제수 보고 말이여 딴 맘이 드네. 이기 병이 되어 가주구, 내가 이거 참…. 우짜면 좋노?"

"그래요?"

아내가 듣고는 남편을 죽게 하면 안 되겠다는 생각이 들어 동서에게 그것을 이야기했어.

"이 사람아, 우스운 일도 다 있네. 자네 시숙이 말이래. 자네에 대해 가주고 말이래. 맘에 있어 가주고 병이 들어 꼭 죽게 됐는데 이걸 우째면 좋노? 저런 쇠소 같은 사람이 있나?"

윗동서가 자기 남편을 나무라 가면서 이런 이야기를 하니 아랫동서가 놀라며 말했어.

"아이고, 형님! 대체 왜 이제사 그 얘길 하십니꺼? 미리 알았으마 이야길하셔야지예."

"그래? 그라마 어쨀 작정이고?"

"형님, 그라지 말고 오늘 밤에 내 시키는 대로 꼭 하이소."

"뭐, 어떡하라꼬?"

"형님, 오늘 밤에 화장을 곱게 하고, 내 옷을 입고 내 방에 앉아 있으마 문제 없이 그 병을 고칠 낍니더."

윗동서는 남편에게 가서 말했어.

"오늘 밤에 동서 방에 드가면 됩니더."

그러고는 밤이 되자 자기가 아랫동서의 옷을 입고 화장을 곱게 하고 불을 꺼 놓고 동서의 방에 앉아 있었어. 형은 아내의 말을 듣고 생각했지.

'제수가 이제껏 별렀구나!'

밤이 되자 형은 제수의 방에 들어가서 어찌하고는 나왔어. 그리고 혼자 말했어.

"인지 살겠다!"

아무것도 모르고 자기 아내를 데리고 잔 형은 그 뒤로 병이 다 나아 버렸대._영덕군 강구면

4-12. 형수의 재치 있는 계책

형제가 한 마을에 살고 있었대. 그런데 형이 우애는 없고 술만 좋아하는 거야. 형수가 가만히 보니 남편이 동생 생각은 하지 않고, 돈이 조금이라도 생기면 술친구와 주막에 가서 술만 들입다 마시니 참 한심스러워서 볼 수가 없는 거라. 그래서 계책을 내었지. 돼지를 한 마리 잡아 놓고 가마니에 둘둘 말아 싸서 남편에게 짊어 주며 말했어.

"오늘 당신이 가장 좋아하는 술친구한테 가서 오늘 술을 먹고, 어째다가 사람을 하나 상했으이까 같이 가 가주고 이거 처리 좀 하자꼬, 이렇게 말로 한번 해 보이소."

남편이 아내 말을 듣고 돼지를 들쳐 메고 술친구 집에 갔어. 술친구에게 사정을 말하니 겁을 벌벌 내는 거야.

"누를 쥑일라꼬 이래노? 안 된다!"

남편은 돼지를 짊어지고 도로 집으로 돌아왔어.

"절대로 안 된다 카드라."

"그라마 가장 우애 없는 당신 동생집으로 한번 가 보이소."

남편은 동생집으로 향했어. 저녁밥을 먹고 있던 동생이 거적때기를 만 것을 짊어지고 오는 형님을 보고 벌떡 일어났어.

"동생, 내가 사정이 이래 됐다. 우야만 좋겠노?"

"아이구, 형님! 뒤에 갖다 놓고 들어오이소. 빨리 들어오소."

그러고는 동생은 형님에게 이렇게 말했어.

"에이, 형님. 지가 혼자 가서 처리하께요."

형님이 따라가려고 하니 못 오게 하고 동생은 거적때기를 짊어지고 나가서 구덩이를 파기 시작했어. 다 판 뒤 묻으려고 하다가 동생은 거적때기를 한번 풀어 보았어. 풀어 보니 그 안에 꺼먼 돼지 한 마리가 들어 있는 거야.

"이기 뭐꼬?"

동생은 그것을 도로 짊어지고 집으로 돌아왔어.

"아이, 형님요! 사람이 아입니더. 형님이 잘못 봤어요."

"사람이 아이먼 뭐꼬?"

"돼집니더."

"모른다! 너거 형수가 그랬다."

"그람, 짊어지고 형수한테 갑시더."

형제는 다시 돼지를 짊어지고 형의 집으로 갔어.

"형수요! 왜 이랬십니꺼?"

형수는 시동생에게 대답했어.

"돈만 생기마 술친구만 찾고 둘만 있는 형제가 하도 우애가 없기 때무래 내가 연구를 낸 깁니더."

형제는 그 이야기를 듣고 껄껄 웃었어. 그날 형제는 온 집안 사람들을 모아 놓고 그 돼지를 잡아 잔치를 했지. 그 뒤로 형제는 우애 있게 잘 살았대._영덕군 강구면

4-13. 소쿠리를 지를 주이소!

아주 가난한 집에 시집을 간 며느리가 있었어. 얼마나 가난하던지 시집온 지 사흘 만에 부엌에 들어가니 시아버지, 시어머니, 신랑의 그릇 하나 변변한 게 없을 정도였어. 뿐이야? 쌀 한 톨 구경하기도 힘들었지. 시어머니가 부엌에 들어가서는 옷을 툴툴 털고 나오더니 치맛자락으로 소쿠리를 싸서 옆에 끼고는 밥을 얻으러 집을 나서는 거야. 며느리가 물었지.

"어디 가십니꺼?"

"에이구! 야야, 니가 시집 잘못 왔대이. 우리 집에는 쌀 한 톨이 없다."

"어무이, 소쿠리는 오늘부터 지를 주이소. 지한테 맽기소. 지가 얻어다가 어무이를 봉양하겠십니더."

며느리는 시어머니에게서 소쿠리를 뺏어서 옆에 끼고 집을 나섰어.

"하이구, 야야! 그라마, 저기 저 안팎 대문이 있는 정씨 집에는 가지 마라. 동냥도 안 주고 개한테 물리기만 한대이."

"예."

그렇게 대답을 하고도 며느리는 시어머니가 말한 그 집으로 갔어. 정씨 집 안주인은 밥을 푸고 있다가 며느리가 들어오는 것을 보았어.

"아이고, 새댁이 밥 얻으러 왔네. 미느리 신행 왔다 카더만 오늘 밥 얻어러 왔구마이. 새댁이가 딱하대이. 소쿠리를 미느리한테 대물림했구마이."

안주인은 반 소쿠리나 되도록 밥을 담아 주었어. 며느리는 집으로 달려 왔지.

"아이구! 야야, 누가 이리 주더노?"

"어무이, 어무이가 못 가게 하던 그 집에 가니 줍니더."

그때 정씨 집 아들은 서울에 가서 과거를 보고 집으로 돌아오던 중이었어. 그 마을 입구에는 큰 못이 있었어. 못 둑에서 찌끼미수호신가 갑자기 나타나더니 정씨 아들에게 호령했어.

"너거 집에 어마이, 아바이는 인심이 너무 쑹악하다흉악하다. 없는 사람이 밥을 얻으러 오마 보시를 해야 하는데 안 하이까네 오늘 니가 과거 아이라 뭐를 보고 온다 캐도 내가 니를 잡아묵어야 되겠다."

찌끼미가 입을 딱 벌리자 송곳 같은 이가 보이는데 아들이 기함을 하겠는 거야. 게다가 찌끼미가 그 큰 입을 벌리니 못의 물까지 줄어들지 뭐야.

"오늘 아침에 너거 어마이가 저 건넛집 새 며느리한테 밥 한 소쿠리 준 거 때문에 니를 대번에 삼키지를 못하겠다. 그 집에다가 너거 논 서른 마지기하고, 소 한 마리하고, 머슴 하나하고, 일 년 묵을 양식하고 줄래? 안 줄래?"

찌끼미가 이렇게 호령하며 아들을 잡아먹으려고 하니 아들은 그렇게 하겠다고 약속했어. 아들이 집에 돌아오니 정씨 부부는 아들이 왔다고 아주 좋아했지. 아들은 일단 방에 들어가서 한숨을 돌렸어.

"어무이, 오늘 아침에 누가 왔디요?"

"와? 저 건너 밥 얻어 묵는 집 며느리가 왔더라. 밥을 막 퍼 내노이내놓으니 와서 밥 한 소쿠리 줬다."

"그 밥 안 줬으마 나는 죽었소."

아들은 식구들을 모두 모아 놓고 아침에 있었던 일을 쭉 이야기했어.

"그 밥 한 소쿠리 때문에 내가 살았으이 그 집에 논 서른 마지기, 소 한 마리, 머슴, 양식까지 주야 됩니더."

하고는 머슴을 데리고 땅 문서와 쌀을 황소에 싣고 가니 정씨 부부는 아까워서 벌벌 떨었지만 어떻게 할 수가 없었어. 가난한 집에는 새댁이 들어오고 나서 대번에 벼락부자가 되어서 잘살았대._ 성주군 월항면

5부

이런 효자 저런 효부

5-1. 진짜 효자와 열녀

어느 고을에 군수가 새로 부임을 해왔어. 부임하자마자 이 군수가 효자·열녀에게 상을 주겠다며 마을의 효자와 열녀들은 모두 모이라고 하는 거야. 그러자 그 고을의 효자·열녀가 너나 할 것 없이 모두 모여 앉았지. 그중 한 남자가 자신이 효자라며 군수 앞에 떡하니 나섰어.

"그래, 당신은 어떻게 효자 노릇을 했는고?"

"우리 아부지가 마흔 살에 혼자 됐는데, 이태끔 지가 아부지 걱정 안 시키고 이래 참 봉양을 했습니더."

말이 끝나자마자 군수가 나졸들을 불렀어.

"이놈을 뚜디러 패 뿌라. 이놈 뚜디러 패고서 한 달 후에 오라 캐라! 한 달 후에 온나. 알겄제!"

아니, 이게 무슨 일이야? 효자상 타러 갔다가 영문도 모르고 오히려 두드려 맞기만 하다니! 억울했지만 군수에게 따질 수는 없는 노릇. 남자는 절뚝거리며 집으로 돌아갔어. 그 모습을 보고 고개를 갸웃거리며 한 여자가 나섰어. 그러고는 자신이 열녀라고 말했지.

"그래, 당신은 어떻게 열녀 노릇을 했는고?"

"지는 열아홉 살에 혼자가 됐는데, 이때끔 마흔이 되도록 혼자 있었습니더."

그러자 군수가 또 나졸을 부르는 것이 아니겠어!

"이년도 뚜디러 패 뿌라. 뚜디러 패고 한 달 후에 오라 캐라!"

두드려 맞은 여자는 너무나 억울했어. 그래도 감히 군수에게 대들 수는 없었지. 여자도 어쩔 수 없이 집으로 돌아갔대.

그리고 한 달이 지났어. 군수는 두드려 팬 남자와 여자를 다시 불렀어.

"그래, 그동안 어떻게 지냈느냐?"

그런데 이게 웬일이야? 효자는 아버지를 장가 들여 주고, 열녀는 시집을 갔다는 거야, 글쎄!

그 말에 군수가 껄껄 웃으며 말했어.

"그렇제, 그기 맞다! 혼자인 아부지는 장개 들고, 열녀는 혼자 살지 말고 시집을 가야제. 알겠제? 내가 그래 하라고 너희를 뚜디러 팬 것이다. 하하하!" _예천군 개포면

5-2. 세월 사세요!

옛날 어느 마을에 홀아버지를 모시고 사는 아들과 며느리가 있었어. 그런데 아들이 보니 아내가 자기 아버지를 엄청 구박하는 거야. 밥도 제때 안 드리고 마구 푸대접을 하는 거라. 아들은 더 이상은 가만히 두고 볼 수 없었지. 그래서 곰곰이 생각하다가 한 가지 묘안을 떠올렸어. 아들은 어느 날, 시장에 간다고 하며 집을 나섰어. 그러고는 오후 늦게 집에 돌아와서 아내가 말했어.

"장 보러 간다더니 왜 이리 늦었는가요?"

"아이고 이 사람아. 시장에 가니 세월을 팔던데 값을 많이 받을 수 있겠더라."

"뭐라고요? 세월을 판다고요?"

"나이 많고 살찐 노인이 세월을 참 많이 가지고 있더라고. 그걸 팔던데? 나이 많고 살찐 노인이 세월을 갖고 있으니 우리도 부귀영화를 누릴 수 있는 방법이 있다카이!"

그랬더니 아내가 궁금해하며

"정말로 나이 많고 살찐 노인이 그렇게 세월을 많이 가지고 있어요?"

"암! 세월을 많이 가지고 있고말고!"

"그라먼 우리도 아버님을 살찌워 가지고 팔면 안 될리껴?"

"그라먼! 살 찌운 다음에 팔면 되지!"

부부가 이렇게 상의를 하고서는 그날부터 아버지를 살찌우기 위해 찰떡과 고깃국, 쌀밥을 잔뜩 드시게 했어. 그동안 며느리로부터 대접받지 못하던 노인이 갑자기 잘 드시게 되니 자꾸만 살이 찌고 힘도 세졌어. 못 먹어서 힘이 없을 때는 방에 누워만 있었지만 이제 힘이 생긴 아버지는 일이 하고 싶어졌어. 이리저리 일거리를 찾던 아버지는 그때부터 며느리를 도와주기 시작했대. 방아를 찧을 때 도와주고, 나무를 해다 주고, 며느리가 빨래할 때는 손주들도 업어 주고 말이야.

그러면서 몇 개월이 지났나 봐. 어느 날 아들이 또 시장에 다녀왔어. 그리고 아내에게 말했어.

"아이고 이 사람아! 오늘 장에 가 보았더니 살찐 노인이 세월을 참 많이 가지고 팔고 있더만. 우리도 이제 아버님을 갖다 팔면 안 될라나?"

그러자 아내가 깜짝 놀라며 말했어.

"아이고, 안 되니더! 아버님이 방아 찧어 주시제, 얼라 봐 주시제. 이렇게 많이 도와주시는데 이 어른을 팔기는 뭣 때문에 팔아요! 못 팔아요. 절대 못 팔아요!"

"아이고 이 사람아! 나하고 약속 안 했나? 아버님을 살 찌워서 팔기로."

"안 되니더!"

"그래, 그렇다면 할 수 없지!"

그렇게 시아버지의 소중함을 알게 된 며느리는 그후로도 쭉 시아버지를 잘 모셨대. 아들이 참 꾀가 많지? 불효하는 아내를 효부로 만들었으니 말이야._영덕군 영덕읍

5-3. 불효 아들, 효부 며느리

설화동 어느 집에 부부가 아버지를 모시고 살았어. 그런데 그 집 며느리가 참 착실했지. 시아버지 또한 가정에서 일도 잘 돕고, 손자도 잘 보아 주는 분이었어. 하루는 며느리가 시아버지 얼굴을 뵈니 머리가 많이 길었더래.

"아버님, 오늘 머리 좀 깎으이소."

"그래, 깎지."

그래서 아버지가 아들에게

"야야, 오늘 내가 머리 좀 깎게 돈을 쪼끔 도고다오."

그랬더니 아들이 하는 말이

"아이고, 내 바쁩니다. 뒤에 깎으이소."

그러고는 휙 나가 버렸어. 며느리가 그 소리를 듣고는 기가 차서 남편을 따라 나갔어.

"아이, 여보, 거 좀 있으소. 있으라카이. 여보, 나 오늘 돈 좀 주시오."

"뭐 할라 카노?"

"내 오늘 말이지이, 어데 볼일이 있는데, 어데 갈라카만 말이지이 머리 좀 만져야겠어요. 그리니께 돈 좀 주이소."

"그래?"

하면서 남편이 돈을 주니 그 돈을 가지고 가서 시아버지께 드리면서

"아버님 오늘 이발하시소."

그리고 며칠이 지났어. 아들이 외출을 했다가 집에 돌아와 저녁밥을 먹는데 아내가 밥을 먹지 않고 앉아 있었어. 남편이 궁금해서 물었지.

"왜? 집에서 무슨 심장 상하는 일이 있었나?"

"머, 없시오. 당신이나 밥 자시라."

그래도 눈치가 이상해. 그러더니 결국 저녁밥을 다 먹고 나서는 갑자기 아내가 아이를 두드려 패기 시작하는 거야.

"너 같은 놈은 죽어야지. 살아가 안 된다."

남편이 놀라서 아내에게 물었어.

"무슨 일로 이래 아를 뚜디리 패노?"

"아이, 당신 닮은 이런 아는 죽어야 된다. 자기 지집계집만 알고 말이야 자기 부모는 모르고, 이 아도 키워 노마 당신 닮아서

말이지이 똑같은 행동을 할 낀데 이걸 키워서 뭐할라고. 앞으로 키워 봐라, 마. 당신이 나이가 많애져서 머리 깎는다고 돈 달라 카마 안 주고 말이지, 지집은 돈 달라 카마 두말없이 주고 말이지이. 그카마 자슥 없이 사는 것이 편타."

아들이 가만히 생각하니 그 말이 맞거든. 자기 잘못을 깨닫고 손이 발이 되도록 빌었어.

"다시는 내가 이런 짓을 안 하겠다. 용서해도고."

아들이 원래 불효자식은 아닌데 부지불식간 그렇게 되었대. 그것을 며느리가 옳은 사람으로 만들었대._달성군 화원면

5-4. 못된 며느리

아주 못된 며느리가 있었어. 빨래를 해서는 옷장에 모두 개어 넣고 시아버지한테는 맨날 헌 옷만 입혔대. 어느 추운 겨울날이었어. 시아버지가 모임이 있었나 봐. 그런데 옷들이 다 해지고 너무 얇아서 추웠어.

'이 차림을 해서 내가 어예 가꼬!'

이렇게 걱정을 하는데 마침 며느리가 나가고 없는 거야. 기회는 이때다 하고서는 옷장을 열어서 옷을 골라 입고 단장을 해서 나갔어. 이 어른 나이가 팔십이었는데 친구들 모임은 강 건너 마을에서 했어. 이 노인이 강을 건너려고 하니 며느리가 헌 옷을 들고는 헐레벌떡 뛰어오는 거야. 새 옷을 벗기고 헌 옷을 입혀 보낼 생각이었던 것이지. 노인이 강을 건너고 있으니 손짓을 해가며 시아버지를 애타게 불렀어. 강 건너에서 친구들이 모여서 그 모습을 보고 있었어. 시아버지는 며느리가 부르든지 말든지 그냥 강을 건너 버렸어. 강을 건너가니 친구들이 시아버지에게 물었어.

"이 사람아, 옷을 안고 나와 가지고 손짓하는 저는 누구고?"

"우리 집 며느릴세."

"와 그라노?"

"내 옷이 새 거지만은 더 나은 옷을 갈아입고 가라고 저쿠로저렇게 몸부림치고 부른다."

친구들이 가만히 생각해 보니 그런 효부가 없는지라. 모둠석모두 모여 있는 자리에 가서 공개를 했어.

"사실 이러한 사실을 우리가 직접 눈으로 보고 느껴 가지고 이래하이이러하니, 가마 놔도가두어서 될라?"

선비들이 그렇게 회의를 해서 며느리에게 효부상을 주었어. 이 며느리가 효부상은 받았지, 그러니 그 다음부터 시아버지한테 악하게 못하더래._청송군 청송읍

5-5. 그 며느리 효부다

옛날 넉넉지 못한 가세에 아들 내외와 함께 사는 노인이 있었는데 그 며느리가 늘 방에 불도 안 넣어 주고 음식도 제대로 해주지 않았나 봐. 온돌방에는 하루 세 번, 삼시 세끼 때마다 불을 때는데 노인방에는 하루 종일 한 차례도 불을 넣지 않아 방이 냉구들이었어. 이렇게 되니 이 노인이 직접 마을을 돌아다니며 장작이나 나뭇가지를 얻거나 주워서 자기 방에 뜨끈뜨끈하게 불을 땠어. 방이 따뜻해지자 이웃 노인들에게 놀러 오라고 했어.

"누가 이케 불을 옇어넣어 주는고?"

"아, 우리 집 며느리가 춥다고 이래 옇어 주네."

"아! 그 며느리 참 훌륭하다 말이래. 그 참, 효부다!"

이웃 노인들이 며느리 칭찬을 많이 했지. 방이 뜨뜻하니 노인들이 저녁마다 그 방에 모였어. 그런데 어느 날은 가니 저녁상이 놓여 있더란 말이지.

"아이, 저녁상이? 아직 저녁을 안 들었는가?"

"아, 먹었지. 먹었는데 내가 요새 동지 섣달이라 밤은 긴데 배가 고프다고 그러니, 저녁때마중마다 밤참을 가져 와서 나를 성가스럽게 하네."

노인들이 들어 보니 그런 효부가 없단 말이야. 사실은 며느리가 밤참을 갖다 놓은 것이 아니고 밥도 밥 같잖은 것을 가져다 놓으니 입에도 대기 싫어서 밀쳐놓은 것이었지. 그것도 모르고 노인들은 자기 집으로 돌아가서 그 집 며느리가 효부라고 자기네 며느리들에게 칭찬을 했어. 며느리들이 마을 우물에 모였어.

"아무 댁 그 며느리는 글키 효성이 지극해. 어른 방 뜨시그러 하고 밤이 길다고 밤참을 들여보내고 말이지."

이때 그 아무 댁 며느리가 물을 길러 가니 마을의 며느리들이

"아이고, 댁은 어예 그렇키 부모한테 효도를 하냐 말이야!"

"내 한 거 없따!"

"그저 방도 뜨시그러 때 주고 밤으로 시장하다고 밤참도 갖다 드리고 그렇게 거식하는 게 어디 있느냐 말이야. 우리 어른들이 댁을 그렇키 칭찬을 하시더라고."

며느리가 생각해 보니 그런 적이 없는데 그렇게 소문이 나니 회심回心이 되었어. 그 다음부터 시아버지 방에 불도 넣어 주고 끼니 때도 잘했어. 부모가 효부를 만든 거야._예천군 예천읍

5-6. 정신 차린 며느리

어떤 영감이 할멈도, 일가친척도 없이 하나밖에 없는 아들 내외랑 살고 있었어. 그런데 며느리가 시아버지에게 얼마나 못되게 구는지 밖에 나가질 못하게 하는 거야. 두루마기랑 갓을 숨겨 놓고 내주지도 않고 말이야.

"아바님, 오늘 나무가 없구마. 나무해 와야겠소."

영감이 남한테 말도 못 하고 자기 신세를 가만히 생각하니 기가 찬 노릇이라!

'늙어 가미 나무나 해다 나르고.'

말을 하나마나 어쩔 수가 없으니 나무를 해다 나를 수밖에. 아들 내외는 집에 편하게 쉬고 앉아 있는데 말이야.

'내가 이래 가주고는 도저히 안 되겠다. 내가 오늘 가서는 나무를 한짐 지고 껄띠기가시덩굴 밭에 엎어져 껄띠기에 찔리 죽을란다.'

나무를 한짐 해 가지고 가시덩굴 밭에 내려오니 가시덩굴이 무서워서 엎어지지도 못하겠는 거야. 애만 실컷 먹고 말이지. 그렇게 고생하고 집에 왔는데 몹쓸 며느리 하는 말이,

"오늘은 지법제법 밥값했다."

'이노무 설움을 보고 내가 우예 살겠노? 시상에 나무 떨어지마 해오라 카고 저거는 방에 있고.'

영감이 생각만 있고 말을 못해. 그런 차에 친구가 와서는

"저 넘어 아무개가 회갑이라네. 내일 가세."

잔칫집에 뱀 잡는 사람처럼 해서 갈 수도 없고 해서 영감은 숨겨 놓은 두루마기랑 갓을 꺼내서 입고 썼어. 그렇게 입고 도랑에 있는 징검다리를 건너가는데 도랑에서 빨래하던 며느리가 시아버질 본 거야.

"저 할바이 오늘 제법 거들렁거리네. 어데로 가는공 보자."

며느리가 방망이를 들고 맨발로 영감을 쫓아갔어. 영감이 나무만 하다 보니 기력이 좋아서 금방 잔칫집에 도착했어.

"하이고, 아무 어른 인자 오십니꺼? 방으로 드십시오."

방에 들어가니 상을 잘 차려서 앞에 놓아 주는 거야. 그런데 며느리가 대문 밖에서 방망이를 들고 저승사자처럼 들여다보고 있는 게 아니겠어. 영감이 그걸 알고 나니 미운 며느리라도 혼자 음식을 먹을 수가 있어야지.

"밖에 사람 하나 섰지?"

"예, 있심다."

"그 우리 미느릴세. 미느린데 내가 술을 묵고 맨날 실수를 잘 하네. '아버님이 그 가시마 필경 술 안 잡숫겠습니까? 집으로 갑시다. 내 술 받아 대접하께요', 이카매 따라와. 미느리 저 놔두고 혼자 못 묵겠네."

"하, 그래요. 참 효부올시다. 이리 드십시오."

잔칫집에서 사람들이 며느리를 영접해 가서 한 상을 차려오니 며느리가 우느라고 못 먹는 거야.

"저는 빨래를 하다가 아버님이 실수를 할까 싶어서 왔십니더. 우리 아버님이나 많이 드리소. 아부님, 저어 술 너무 잡숫지 말고 일찍 고마 오시이소."

"오냐. 너도 뭐 좀 먹지, 와?"

"괜찮심더. 먹었심더."

하고는 먼저 일어나 가는 거야.

'저게 오늘 죽을라고 카나, 우째 저런 말이 나올꼬?'

마음 같아선 그렇게 쏘아붙이고 싶었지만 참았지. 시아버지는 느긋하게 음식을 먹고 난 후 주인에게 남은 음식을 싸 달라고 부탁했어. 그리고 그 집 하인에게 짐을 지게 하고 집으로 돌아왔어. 그런데 영감이 집으로 오는 그 짧은 시간에 며느리가 효

부가 되어 있지 뭐야. 잔칫집에서 돌아온 며느리가 남편에게 말하길

"우리는 평상에 이런 음식도 못 드리고 남기나무나 자꾸 해 오라카고 내우내외 간에 놀고 불효질을 했소. 남이 시어른에게 하는 거 보니 기가 차더구만. 오늘 그 집에 가 보니 정신이 확 들더구마. 아바님 오시거든 의관하고 절해야 되는그마."

"그라지."

내외가 의관을 차려 입고 술상을 차려 놓고 기다리니 시아버지가 한 짐 짊어진 하인을 데리고 왔어.

"인자 오시서?"

그러더니 시아버지를 방에 모시고 가서 절을 하는 거야. 하인이 보니,

"야, 이 집이 예의범절이 있는 집이구나."

하고 주인에게 가서 자기가 본 이야기를 해주었어. 그랬더니 주인이,

"야, 그 집이 참, 그냥 두면 안 되겠구나."

했다는 거야. 그 말이 고을 원님에게 도달해서 며느리가 당장에 효부상을 받게 되었대. _성주군 침산 3동

5-7. 한 번만 용서해 주이소!

옛날에 어떤 집에서 며느리를 봤는데 며느리가 참 못됐던 모양이야. 그런데 그 옆집에서도 며느리를 봤는데 그 집 며느리는 참 착했어. 어느 날 못된 며느리 집 시아버지가 착한 며느리 집에 놀러 갔더니 가을마당에 타작을 하다가도 점심을 잘 차려 주기에 대접을 잘 받고 왔어. 이튿날 착한 며느리 집 시아버지가 못된 며느리 집에 놀러 왔어. 시아버지가 며느리에게 말했지.

"야야, 내 친구 왔는데 점심 좀 차려 오는 게 어떻겠노?"

"바쁜데 점심은 무슨 점심이고, 손님은 무슨 손님인고."

이러고는 며느리가 밥을 안 해주는 거야. 친구가 보니 기가 차. 그래서 할 수 없이

"야, 이 사람아. 우리 저 너머 친구집에 놀러 가세."

하여 그 집으로 갔어. 그 집 며느리가 베를 짜다가 시아버지 친구 오셨다고

"뭐를 대접 할까요?"

하더니 국수를 해서 차려서 오는 거야. 친구는 맛있게 잘 먹었지만 친구에게 대접을 못한 시아버지는 국수가 목에 넘어가지를 않았어.

"이 집 며느리는 베를 짜다가도 점심 대접을 하는데 우리 미느리는 우째 그렇노?"

속이 상해서 집에 돌아와 사랑에 앉아 있으니 밤이 이슥해서 아들이 왔어. 며느리는 못됐지만 아들은 효자였거든. 아들이 자기 전에 문안 인사를 드리려고 왔는데 아버지가 문을 안 열어 주는 거야.

"아버지, 와 문을 잠가 놓으셨습니까? 문 끌러 주이소."

"문 끌를 거 없다. 고마 가서 자거라."

아들이 할 수 없이 자기 방에 와서 생각하니 이상해. 그래서 아내를 불렀어.

"자네가 뭐를 잘못해서 아부지가 저라시노?"

"장늘 그라는데 내가 뭣을 어째? 낮에 손님이 왔는데 점심 안 해 주었다고 그런가 모르지."

"그래? 자네 지금 이불 보띠기보자기 펴 놔라. 거기다가 시집올 때 갖고 온 거 다 싸라."

그리고 머슴을 불러서,

"내일 저물도록 자라 칼 끼니 자네 오늘 밤은 내 시키는 대로 하게. 새끼 좀 꼬게."

"새끼는 뭐 할랍니꺼? 다 꽈 놨심더."

"그럼 소 몰아내서 짐들 지우게."

그러고는 소 등에 이불보에 싼 짐을 싣고 색시를 홑이불로 푹 덮어씌워 얹어서는 안 떨어지게 새끼줄로 꽁꽁 싸맸어. 그 소는 색시가 시집올 때 데리고 온 소야.

"소는 언제든지 지 집을 찾아 가니 소를 상구얼마만큼 몰고 가다가 채질해서 보내고 오게."

머슴은 짐이 뭔지도 모르고, 아무 영문도 모른 채 주인이 시키는 대로 했어. 그랬더니 정말로 소가 꺼득꺼득 색시를 싣고 친정으로 간 거야. 친정집 대문 앞에 가서 머리로 대문을 떠받으니, 친정아버지가 그 소리를 들었어.

"소가 뭣을 이리 싣고 왔노?"

그러니 홑이불 속에서,

"하이고, 아버지요!"

"아이고, 이거 이실이 아이가, 우짠 일이고?"

"김 서방이 지를 이리 싸서 얹어가 실리 왔심더."

이러니 친정아버지가 딸을 내릴 생각도 않고 사돈집으로 소를 되몰아 갔어.

"김 서방! 김 서방!"

부르는데도 사위가 들은 척을 안 해. 장인이 올 줄 알고 있었으면서도 말야. 아버지가 나가려 하니 아들이 못 나가게 막아. 그러니 시아버지가 얼마나 애가 쓰이는지,

"대문 좀 끌러라. 니가 사돈 못 들어오시게 하마 내가 오늘 죽을 끼다."

아들이 할 수 없이 문을 열자 소가 마당으로 들어 왔어. 장인이 데리고 왔으니 아들이 색시를 소 등에서 내려놓았어. 색시는 부끄러워서 방에 쏙 들어가 버렸지. 장인이 사돈에게 딸 교육 잘못 시킨 것을 사과하고, 사위에게도 사과했어.

"일후부터 한 번만 더 그라마 내 집에서 두말없이 거둘 거이니 한 번만 용서해 주이소."

이렇게 빌었어. 그 뒤로 색시는 남편에게 잘 하고, 시아버지에게도 효성을 다 했대. 색시를 소 등에 실어다 준 머슴도 이 일 모르고, 친정 동네 사람들도, 시집 동네 사람들도 아무도 모르게, 아무 흠 없이 길들여 잘 살더래._성주군 대가면

5-8. 별난 아버지, 효자 아들

별난 아버지를 모시고 사는 아들이 있었어. 아들은 아버지를 잘 모시고 싶었어. 그래서 친구에게 물어보았지.

"부모 잩에서곁에서 효자 될라 카마 우찌 하노?"

"임마야! 겨울에 추울 때 아침 일찍 방에 가가 아부지 옷을 입고 뜨시게 디데워 놓고 있다가, 아부지 일나시그던 입히 드리라. 글고 고기를 사다가 꿉어가구워서 아부지께 대접하고 이래야 그게 효자지. 그래 아이면 효자가 애이다."

효도를 하고 싶었던 아들은 친구의 말대로 아침 일찍 아버지 방에 들어갔어. 그리고 아버지의 옷을 덥혀 놓으려고 걸어 놓은 저고리를 입으려는데, 그때 누워 있던 아버지가 벌떡 일어나서 소리를 질렀어.

"아이고, 이놈이 내 저고리 도둑질하로 왔구나!"

그러고는 아들을 막 두드려 패는 거야. 그래도 아들은 가만히 두드려 맞았어. 조금 뒤에 아들은 아버지께 갖다 드리려고 고기를 구워서 아버지 방에 들어갔어.

"아부지요, 고기랑 밥 좀 더 잡수이소."

아들은 아버지께 잘한다고 갖다 드렸는데 성격이 별난 아버지는 고기 접시로 아들을 냅다 두드려 패는 거야. 아들은 한숨을 쉬며 친구를 찾아갔어.

"친구야! 나는 아무리 해도 우리 아부지 성질을 못 참겠다. 우예야 되꼬?"

"새벽마다 아부지 방에 들어가서 저고리를 덥히는 거를 니가 열 분번만 그래 해 봐라."

아들은 친구 말대로 했어. 들어갈 때마다 아버지가 때리면 맞고, 그 다음 날 새벽에 또 들어가고, 그것을 매일 반복했지. 아버지가 때릴 때마다 아들은 말했어.

"아부지요. 저울그로겨울이라 걸어 놨던 옷이 찹아차가워 가주고 지가 덥히가 아부지 드릴라 카는데 와 이라능교?"

그리고 며칠이 지나자 아버지는 아들을 때리는 것을 멈추었어. 그 뒤로도 아들이 계속 효도를 하자 아버지는 마음을 돌이키고 아들의 마음을 받아 주었대._월성군 감포읍

5-9. 기른 정이 낳은 효자

다정한 친구 사이인 두 사람이 있었어. 얼마나 사이가 좋았는지 입 안의 밥도 서로 나눠 먹을 정도였대. 그런데 한 사람은 살림이 넉넉했지만 자식이 없고, 한 사람은 사는 것은 참 곤란했지만 자식이 아주 많았어. 자식이 없는 친구는 자식 많은 친구에게 항상 하소연을 했어.

"친구야! 너는 아들이 그래 많치마는 나는 아들이 없으니 우야노?"

이렇게 걱정을 하다가도 농담을 하면서 그럭저럭 지냈는데 나이가 사십을 넘어서니 정말 자식 없는 것이 큰 걱정이 되었어.

'나이는 많아지고 인자 노망날 때는 다 돼 가고….'

그래서 자식 많은 친구에게 부탁을 했어.

"친구야! 내 어려운 부탁이 있는데 들어주겠나?"

"우리 사이에 내 심힘으로 할 수 있는 기야 내 안 들어주겠나?

얘기해 봐라."

"그기 아이라. 니 아다시피 내가 아들이 없다 아이가, 그자? 니가 우리 할마이한테 아들 하나만 만들어 도."

이 말은 들은 친구가 가만히 생각하니 이 부탁이 쉽고도 어려운 부탁인 거야.

"이 사람아! 그게 우예 되겠나?"

"내 시키는 대로 해라. 그라마 된다."

"그래, 우야믄 되노?"

"그래, 내가 자다가 오줌 누러 나오는 척할 테니까 니가 바깥에서 기다리고 있다가 내가 나오고 난 뒤 쪼금 있다가 방에 드가라. 밤이기 때문에 모른다."

"그래? 그래 보자."

자식 많은 친구는 친구가 시키는 대로 했어. 그런데 참 요행히도 태기가 있어서 열 달 만에 아이를 낳으니 아들인 거야. 몇 년이 흘러 아이가 너댓 살이 되었어. 아이가 어찌나 머리가 영특하고 효성이 지극한지 자식 많은 친구의 자식들을 모아 봐야 그 아이 하나 만큼도 안 되는 거야. 또 몇 년이 흘러 아이가 여덟 살이 되었나 봐. 아들이 훌륭히 크니 진짜 아버지는 항상 이런 마음이 들었어.

'저거 내 자석자식인데.'

말은 못하고 쳐다볼수록 욕심이 생겨 속으로,

'저거 내 자석인데. 저거를 내가 데려와야 될 낀데' 하고 끙끙 앓았어.

그렇게 자꾸 고민을 하다 보니 밥맛도 없고 일도 하기 싫고 천지에 모든 것이 심드렁하니 귀찮지 뭐야. 어디다가 얘기도 못하니, 죽을 마음으로 친구에게 말을 했어.

"친구야! 너거 아아이 그때 내가 맨들은 아 아이가? 내 자석이니 날 줘야 되겠다."

이 말은 들은 친구는 깜짝 놀랐어.

'야, 이거, 큰일났다. 넘한테 얘기도 못하겠고 아를 달라 카는 말이 한 번 입을 떠났으니 자꾸 와 가주고 달라 안 카겠나?'

그렇게 걱정을 하다가 이번에는 이 친구가 병이 나 버렸어. 병이 나서 밥도 굶고 문도 걸어 잠그고 드러누워 있으니 여덟 살 먹은 아들이 문 앞에 와서 물었어.

"아부지, 뭣 때미래 그래 고민을 하십니꺼. 뭣이든지 어렵운 일이 있으마 저한테 얘길해 주이소. 지 힘이 닿는 데까지 해결해 보겠십니더."

"니는 모린다."

이 말만 하고 영감은 음식을 끊어 버렸지. 그러고 오륙 일이 지났어. 아들이 보니 아버지가 완전히 죽을 정도가 되었어. 그러니 아들도 밥을 굶고 문 앞에 붙어 앉아서 아버지에게 사정을 했어.

"아부지가 안 자시면 지도 안 묵겠심더. 아부지, 지한테 얘기를 해 주이소."

아들이 하도 사정을 하니 영감은 생각했어.

'내가 알려나 주고 죽는 수백이 없다.'

영감은 아들에게 말했어.

"사실 이래 가주고 니가 태어났다. 그런데 그 집에서 니를 달라 칸다. 그 집에는 아들이 많지마는 전부 모아 봐야 니 하나 카마 못하다고 니를 달라 카는데 이 일을 우야마 되겠노? 그래서 내가 이래 눕었다누웠다."

"아이고, 아부지! 진작 말씀하시지요. 까짓 그런 거 가지고 걱정을 합니까? 걱정 말고 진지 잡수이소. 내가 아무 포표 없이 해결해 주겠십니더."

아들이 워낙 영특하니 행여나 싶어서 영감은 일어나서 밥을 먹었어. 아버지 몸이 회복이 되자 아들은 어머니에게 말했어.

"어무이, 찹쌀술을 큰 동이로 한 동이 해 주이소."

"뭐 할라 카노?"

"지가 소망이 있으께네 그래 해 주이소."

똑똑한 아들의 부탁이니 더 이상 묻지 않고 영감 부부는 술을 담그고 닭도 몇 마리 잡아서 온 마을 사람들을 집으로 불렀어. 마을 사람들이 모여 술을 나눠 먹고 음식도 나눠 먹으며 앉아 있는데 아이가 나섰어.

"오늘 어르신들을 오시라고 청한 것은 지가 한 가지 여쭤 볼 게 있어서 그랍니다. 지가 물으마 답빈답변 좀 해주이소."

어린 아이가 그렇게 말하니 어른들이 무슨 말인가 해서 귀를 쫑긋하고 들었지.

"딴기 아이고, 갑과 을이라는 사람이 두 땅을 간지러미가지런히 아래 우로 갖고 있습니더. 갑은 배추씨를 밭에 심었고, 을은 무시무씨를 심갔다 이깁니더. 그란데 을이 씨를 흔치다가뿌리다가 무시씨 한 톨이 팅기 가주고 갑의 밭에서 무시가 한 개 자랐십니더. 근데 그기 차암 크고 보기 좋은 무시가 됐다 이 말입니더. 그카이 을이 갑한테 그 무시는 우리 씨가 튀 가주고 난 기끼네 달라 캤십니더. 그라마 무시를 줘야 되겠십니꺼? 배추밭 임자가 가져야 되겠십니꺼?"

그때 한 사람이 나서서 말했어.

"무시는 배추밭 임자가 갖지, 그걸 누가 달라 카겠노? 씨가 아무리 튀 갔다 캐도 권리는 없다. 갑의 밭에서 나 가주고 자랐으니께 이거는 갑이 해야 된다."

"그라먼 됐심더."

그 자리에 진짜 아버지도 와서 그 이야기를 들었어. 다른 사람은 몰라도 진짜 아버지는 그 얘기가 무슨 뜻인지 알고 있었지. 그래서 다시는 아들을 달라는 소리를 못하고 그냥 그대로 살았대._달성군 유가면

5-10. 시어머니는 눈 뜨고, 남편은 걷게 한 효부

옛날에 참 못사는 집의 딸이 시집을 갔는데 신랑은 앉은뱅이고 시어머니는 장님이었어. 이 여자가 열녀인 데다 효성도 지극해서 온갖 일을 다해 가며 남편과 시어머니를 잘 모셨어. 어느 날 여자가 친정을 다녀오는 길에 비슬산을 넘게 되었어. 그때 호랑이가 한 마리 앞에 턱 앉는 거야. 여자가 깜짝 놀라서 말했지.

"산신령님예! 날 잡아묵어도 좋은데 집에 앉은뱅이 신랑하고 눈 어둡은 시오마니가 계십니더. 내가 집에 안 가마 시오마이하고 신랑이 자기들 내비리고 친정에 살러 갔는 갑다 안 카겠십니꺼. 그라이 집에 가서 얘기를 하고 지를 호식虎食하믄 안 되겠십니꺼?"

여자는 집에 돌아와 시어머니께 말했지.

"어무이예! 지가 친정을 갔다 오는 길에 산신령이 지를 막길래 '내가 집에 가서 어무이하고 가장에게 이야길 하고 온 뒤에 나를 호식해 가도 좋다'라고 했십니더. 지가 어무이하고 남편을 평상 벌어 믹이 살릴라 캤디만도 천상 가야 되겠십니더."

그 말을 들은 앉은뱅이인 신랑이 벌떡 일어서는 거야.

"우리는 우야고 니가 갈라 카노?"

그러자 눈 어두운 시어머니도 눈을 번쩍 떴어.

"아이고, 야야! 우리는 우짜고 니가 간다 말이고?"

시어머니는 며느리를 잡고 매달렸어.

"어무이예! 지는 할 수 없십니더. 인제 어무이는 눈을 뜨고 남편은 재죽발자국을 떼니 지가 죽어도 여한이 없십더. 어무이 잘 사이소. 여보, 어무이 모시고 잘 사이소."

그리고 좀 전에 호랑이를 만났던 그 자리에 가니 호랑이가 다시 나타났어.

"아이고, 산신령님요! 지는 인제 죽어도 여한이 없십더."

"왜에?"

"산신령님이 날 호식해 간다 카이 눈 어둡은 우리 어무이가 눈을 퍼뜩 뜨고, 앉은뱅이였던 남편이 일어서서 나를 붙들로 쫓아 나왔십니더. 이러니 지는 죽어도 여한이 없십니더."

그 소리를 듣고 호랑이가 앞발로 땅을 탁 치며 말했어.

"니가 부모한테 효도를 하고 남편한테 열녀라 남편 다리하고 시어마이 눈을 고칠라고 그 캤다. 가서 남편하고 시어마이 모시고 잘살아라."

여자는 집으로 돌아와 눈 뜬 시어머니와 걸어 다니는 남편과 함께 잘살았대._ 달성군 유가면

5-11. 효자 집에 걸어 들어온 동삼

어떤 효자가 부모님이 많이 편찮아서 누워 계시는데 동서남북 팔방으로 돌아다니며 약을 물어 구해와도 병환이 낫지가 않았어. 전국팔도를 다니다가 노독이 쌓여 쌍분雙墳 사이에 누워 있었어. 그때 한 노인이 나타났어.

"야야, 니가 그렇기 문약問藥을 하러 댕기도 약을 구하지 못하이 내가 갈채가르쳐 주꾸마. 아무데 거 가 봐라."

효자는 부리나케 그곳으로 찾아갔어.

"하, 이 어른 병환은 어려븐데."

"어른, 뭐가 그르키 어려우니껴? 힘 들든동 공 들든동 무슨 일이는 다 하겠십니더. 갈쳐 달라꼬요. 갈쳐 달라꼬요."

자꾸 가르쳐 달라고 하니 어쩔 수 없어서 하는 말이,

"이 어른 병환은 사람을 푹 꼬은고은 것을 자시야 한다."

효자는 그 말을 듣고 집에 왔어. 그 소리를 듣고 집에 오니 탈진

이 되었어. 아내가 점심을 차려서 주는데 힘없이 떠 넣을 뿐이었지. 아내가 옆에 앉으며 물었어.

"문약을 하러 갔다가 와 그르키 힘없이 해가 그카니껴? 뭐라 그디껴?"

"이 사람아! 말하기가 과연 애로우이."

"그렇기 말하기 애로울 거 뭐 있니껴? 얘길 하소."

"아부지 병은 인꼼사람을 삶아 푹 고은 것이라야 고친다네. 그르이 내가 우예 말을 하겠는고?"

"그래요? 우리는 나이가 젊었으니 아는 또 놓으만 되지요."

아내는 일곱 살 먹은 첫째 아이를 남편에게 안겼어.

"부모님은 한 분 가마 다시 못 오시는데 약해 드릴시더?"

남편은 마음이 무척 아팠지만 아내 말이 참 고마웠어.

"그럼 자네가 하게. 나는 모를세."

아내는 아이가 서당에서 글을 배우고 돌아오자 솥에 물을 데워서 아이를 씻기고 옷을 갈아 입혔어. 그리고 가마솥에 물을 한 솥 부어 놓고 장작불을 때서 물을 끓였어. 그리고 밥을 먹였지.

"야야, 나는 오늘 니가 한 번 업고 접다싶다."

"엄마야! 엄마야! 업어도!"

아이가 업히자 부엌으로 들어가 물을 끓이는 데로 갔어.

"엄마야, 물을 와 자꾸 끓이노?"

"아니, 야야! 할배 주무시는 방이 춥어가 군불을 옇는다."

그러더니 솥뚜껑을 덜컥 열어서 업은 아이를 넣고는 다시 솥뚜껑을 닫아 버리고 치마를 툴툴 털고 나왔어. 부엌에서 나오는데 자기 아이가 대문에 쑥 쫓아 들어와.

"엄마, 점심 도고!"

아내는 화들짝 놀라서 생각했어.

'아하, 이거 남우 아를 그랬는 갭다!'

정말 깜짝 놀랄 일이었어. 이게 웬일인가 싶어서 아이를 보니 이리 봐도 저리 봐도 자기 아이가 분명했어.

'이거 큰일 났다!'

부엌에 얼른 가서 솥뚜껑을 열어 보았어. 아하! 그런데 솥 안에 큰 동삼童參 하나가 들어 있지 뭐야. 부부의 효성이 뻗쳐 동삼이 걸어 들어왔던 거라. 그것을 솥에 넣고 고았던 것이고. 그걸 먹고 아버님 병환이 나았대. 그런 효자 이야기가 있어._군위군 효령면

6부

동물과 인간이 어울렁 더울렁

6-1. 호랑이 형님

젊은 총각이 아무런 재산도 없이 어머니를 모시고 살았대. 이 총각이 홀어머니를 모시고 가난하게 살다 보니 나이 서른이 넘도록 장가도 못가고 남의집살이를 하는데 하루는 주인 양반이 총각을 장에 보냈어. 그런데 장을 다녀오려면 육십 리 재고개를 넘게 되어 있었어. 이 육십 리 재는 넘어 오면 살고 못 넘으면 죽는다는 말이 있는 고개야. 총각은 장가도 못 가고 가난하고 나이만 많아지니 살고 싶은 생각도 별로 없었어. 그래서 이 총각이 육십 리 재를 넘어 장에 간 거지. 아니나 다를까. 육십 리 고개에 오르니 숲이 울밀한데 범이 한 마리 떡하니 나타나는 거야. 호랑이가 나타나서는 총각 앞에서 너울너울 춤을 추기 시작했어. 총각이 어차피 죽을 생각에 간이 부어서 호랑이에게 말을 했어.

"이 짐승아, 나 잡아묵을 거 같으면 퍼뜩 잡아무라. 내도 답답하다."

이렇게 말하니 호랑이가

"니가 나이 몇 살이고?"

"나이 서른 살이다."

"아, 그러마 내가 시이다형이다. 너는 내 동생이다."

"그래, 동생이면 우얄라 카노?"

"내 등에 업혀라."

이 총각이 간이 커서 떡 업히니 호랑이가 자기 굴로 들어가는 게 아니겠어. 호랑이는 총각을 내려놓더니 이렇게 얘기했어.

"이 육십 리 재를 사람이 못 넘는 것은 내가 그래하는 기다. 니는 내 보이 간이 크다. 오늘 밤에 구리구렁이캉 내캉 싸우는데 결판을 내야 한다. 밤중 돼가 한창 싸울 때 '저 구리 봐라'라고 고함을 함 질러도."

"싱님형님, 그라지요."

둘이서 호랑이가 훔쳐 온 저녁을 먹고 고갯마루에 올라가니 큰 돌산인 거야. 호랑이가 고함을 지르니 집동한 채의 집 같은 구렁이 한 마리가 나왔어. 싸움은 쉽게 결판이 나지 않았어. 그때 총각이

"구리 봐라."

라고 소리를 질렀어. 구렁이가 인기척에 놀라 멈칫하는 사이에 호랑이가 구렁이 목을 물어 두 동강이를 내고 말았어. 그러고

는 호랑이는 총각에게 왔어.

"야이, 인자 산제山祭 지내마 내가 다 먹을 수 있겠다. 니가 참 형제는 형제다. 인자 가자. 그란데 동생, 장개 안 가고 싶나?"

"장개 가고 싶어도 색시가 어데 있는고?"

"그람, 오늘 저녁에 함 보래이."

밤이 되자 호랑이는 기절한 색시 하나를 업고 왔어. 서울 장안에서 제일가는 부잣집 딸이었지. 총각은 색시에게 물을 떠먹여 정신을 차리게 했어.

"여보시오, 정신 차리요."

색시가 깨어나니 총각이 때가 되면 밥 갖다 주고 고기 갖다 주고 그렇게 지내다가 아기가 하나 태어났어.

"여보, 당신은 형이 있다면서 들어오지도 않으시고, 때마다 먹을 것만 갖다 주시니 웬일입니까?"

"그래, 자네 시숙이 있지만 시숙을 보마 자물씨고까무러치고, 죽을 챔이니 못 볼 거이다."

"들어오시라 하세요. 시숙 좀 뵙시다."

"그래? 참내. 싱님형님, 들어오소."

그러자 호랑이가

"어흥!"

하고 들어오니 색시가 그만 까무러치고 말았어. 깨어나서는,

"아이구, 세상에! 우리 시숙이…."

"그래, 그렇다."

"시숙이 이러니 우리가 여기서 계속 살 수밖에요. 그래도 친정에 오빠가 셋 있는데 보고 싶으니 한번 다녀올 수 있을까요?"

그때 호랑이가

"그러마, 저, 제수씨! 내일일랑 친정에 가도록 하소. 동상도 같이 가야 하니 갓도 있어야 하고 두루마기도 있어야 안 되겠소. 내 오늘 밤에 가져 오꾸마."

밤이 되니 호랑이가 갓과 두루마기를 훔쳐 왔어. 그리고 말 껍데기를 가지고 와서 뒤집어쓰더니

"동상, 제수씨! 여 잡으라!"

호랑이는 동생 부부와 조카를 태우고 색시 친정에 갔어. 아버지와 오빠들이 색시를 보니 반갑기는 하나 그 신랑 꼴을 보니 기가 찼어. 그래서 색시를 내놓으라고 했어. 그러면서 말을 타고 대동강을 넘으면 재산 반과 색시를 주겠다는 거야. 남편은 색시 친정 식구들이 너무나 대단해 보이기도 하고 자신이 없어서 색시에게 이렇게 말했어.

"인자 당신캉 나캉은 다 살았다."

"아이구, 무슨 말씀입니까? 우리 아주버님이 계시잖아요?"

동생이 호랑이 형님에게 하소연을 했어.

"그래? 그라마 시[형]한테 이바구 해봐야겠다."

호랑이가 밤중에 오자 부부는 말했어.

"싱님, 사실 이런데 우예야 되겠십니꺼?"

"아, 걱정하지 마라."

그러고는 말 껍데기를 덮어 쓰는 거야. 그런데 '서울 아무 댁 사위가 재산 놓고, 색시 놓고 대동강 뛰어넘기 한다'라는 소문이 퍼져서 사람들이 인사인해로 모여 들었어. 말 껍데기를 뒤집어 쓴 호랑이를 탄 사위가 대동강을 훌쩍 뛰었어. 사람들은 깜짝 놀랐지. 어쩔 수 없이 서울 부자는 재산도 뺏기고 딸 뺏기고 했다네._달성군 화원면

6-2. 호랑이도 알아 준 효자

효행이 대단한 사람이 있었어. 어머니가 대단히 편찮으셨는데 무슨 약을 써도 효험이 없는 거야. 어느 날 어머니가 하시는 말씀이

"야야, 내가 석의石衣: 석이버섯의 다른 말가 먹고 싶다."

석의는 대구 팔공산이나 높은 곳의 바위 틈에서 자라는 버섯이야. 석의를 따기는 여간 힘들지 않아. 그래도 이 사람은 석의를 따기 위해서 산에 올랐어. 해가 거의 져서 어두운데도 간신히 바위에 올라가 석의를 땄어. 석의를 따고 캄캄한 길을 내려오는데 갑자기 범이 나와서 앞을 턱 가로막는 거야. 이 사람이 범을 꾸짖었어.

"내가 죽는 거는 괜찮은데 우리 어무이가 편찮애 가지고 약을 가지고 가는데 말이야, 니가 나를 해치면 되나?"

범이 그 말을 듣고 가만히 생각해 보니 이러면 안 될 것 같았

어. 그래서인지 길을 비켜 주는 거야. 그 모습을 보고 아들이 태연히 길을 내려오는데 또 그 범이 길을 가로막는 거야.

"범아! 기어이 나를 못 가게 할 거이냐?"

그러자 범이 즉시 머리를 숙였어. 머리를 숙이고 가만히 있지 뭐야. 아들이 가만히 생각하다가 물었어.

"그럼 내가 좀 탈까?"

그 말을 듣고 범이 고개를 끄덕끄덕하는 거야. 그래서 범 등 위에 타고 40리 길을 달려 왔어. 범을 동네 어귀에 서 있게 하고 집에 들어가서 바로 약을 달이기 시작했어. 약을 불 위에 올려놓고 동네 어귀에 나갔어. 범이 정말 고마워서 대접을 하기 위해서였지. 그런데 범이 보이지 않아. 흔적도 없는 거야. 다시 집에 돌아와 약을 달여서 어머니에게 드시게 했더니 병이 다 나았대._군위군 우보면

6-3. 충성스러운 개 이야기

옛날에 어떤 사람이 개를 한 마리 키웠는데 이 개가 주인을 무척 따랐어. 주인도 개를 무척 사랑해서 항상 같이 다니고 말야. 어느 날은 주인이 술을 한잔 마시고 가다가 산기슭에 누웠어.

"내가 여 누워서 한숨 자고 가야겠다."

그러고는 잠이 푹 들었어. 아이고, 하필 그때 산불이 났지 뭐야. 그런데도 주인은 술을 먹고 잠들어 버려서 꼼짝을 안 했어. 주인 몸에 불이 붙을까 봐 개가 물가로 달려갔어. 그러곤 물속에 풍덩! 온몸에 물을 적신 후 불에 몸을 뚤뚤 굴려서 불을 끄고 또 끄고. 그러니 주인 자는 데는 불이 안 들어 왔어 하지만 개의 털은 다 타 버렸어. 주인을 살리려고 개가 얼마나 요동을 쳤던지 개는 그만 죽어 버렸어. 주인은 살았고.

주인이 술이 깨서 일어나 보니 개가 털은 다 탔는데 몸을 축축하니 해서 죽었더란 말이지. 가만히 생각해 보니

'이놈이 날로 살리라꼬 이래 불을 꺼 놓고 죽었구마.'

그래서 개를 묻어 주었어. 경주 내남면 이조리에 '가암'이라는 데가 있는데, 개무덤, 개무덤 이렇게 부르다 보니 '가암'이 되었대._ 월성군 외동면

개무덤에 대한 이야기가 또 있어. 경주 최 부자에게 첩이 생겼더래. 전처가 있었는데 말이지. 그런데 새로 생긴 첩이 전처 아들을 죽이려고 마음먹었어. 그래서 어느 날 밤 전처 아들을 업어다가 골짜기에 데리고 가서 묻어 버렸어. 그것을 그 집 개가 따라가서 보았지. 개는 땅을 파서 아이를 꺼낸 다음 바위 위에 올려놓았대.

다음 날 주인이 아이가 없어진 것을 알고 아이를 찾아 다녔지. 그때 개가 따라오라는 듯이 자꾸 꼬리를 치며 짖는 거야. 주인이 개를 따라가니 산골짜기로 계속 들어가는 거라. 따라가 보니 포대기로 꼭꼭 싸매 놓은 아이가 있는 거야. 개가 그렇게 한 것을 짐작할 수 있었지. 포대기를 헤쳐 보니 다행히 아이는 아직 살아 있었어. 얼른 아이를 집으로 데리고 왔지. 그리고 그 길로 첩은 내쫓아 버렸대. 나중에 그 아이가 커서 자기를 구해 준 개가 늙어 죽으니 개를 잘 묻어 주었대._ 경주시 황오동

6-4. 여우의 은혜로 노총각 장가가네

양반의 집에서 머슴살이하던 총각이 있었어. 나이가 삼십이 넘도록 장가도 못가고 머슴살이를 했지. 하루는 이 총각이 뒷산에 나무를 하러 올라갔는데 여우가 덫에 걸려 눈물을 뚝뚝 흘리고 있는 거야.

"아이구, 날 좀 살리 주시오. 살려 주면 은혜를 갚을 테니 어예든동 착끼덫에 칬는걸린 것을 풀어 주시오."

총각은 덫에 걸린 여우를 풀어 주었어.

"하이고, 고맙소. 내가 장가를 들여 줄 테니 꼭 내 시킨 대로 하시오."

그러면서 바늘같이 생긴 털을 세 낱을 주면서 말했어.

"요걸 가주고 가서러, 총각 맘에 꼭 드는 처자가 오줌 누는 걸 보고서 그 터에 꼽아꽂아 놓으소. 첫날은 한 개, 둘째 날은 두번째 털, 셋째 날은 세번째 털을 꼽으시오."

마침 그 마을에 인물도 좋고 과년한 대감집 딸이 있었어. 총각이 가만히 보니 대감집 딸이 뒤안에 가서 오줌을 누는 거야. 그것도 맨 땅에. 총각은 거기다가 털을 한 개 꽂아 두었어. 대감 딸이 또 그곳에 가서 오줌을 누자 딸의 사타구니에서 소리가 나지 뭐야. 털이 딸의 사타구니에 꽂혀서 나는 소리였지.

"오족, 오족."

두 개째를 꽂자,

"오족, 배족."

세 개째를 꽂자

"오족, 배족, 당다꿍."

그 다음부터 오줌을 눌 때마다 아랫도리에서 그런 소리가 자꾸 나오니 무슨 병인지 당최 알 수가 있어야지. 바늘처럼 가느다란 털이 사타구니에 꽂혀서 내는 소리라고는 생각도 못했어. 대감이 너무 남우세스러워 딸을 방에 가둬 놓고 백방으로 약을 써 보았지만 낫지를 않는 거야. 그때 총각이 그 집에 가서 말했어.

"이 집 아가씨가 뭐 할 때마다 손님이 와서 야단치면서 왔다 갔다 안 합니까?"

대감이 남우세스러워

"얘이, 너 그튼 거 알 거 없다. 저리 나가거라."

"아, 그래도, 내 좀 알믄 어떠니껴? 뭐 내가 알믄 해룰해로운 일이 있니껴? 날에게 좀 갈치가르쳐 주소."

총각은 보채듯이 끈질기게 물었어.

"그래, 어옌 일인동 우리 딸 아랫도리에서 자꾸 뭔 소리가 나는데, 니가 뭐라도 아나? 니는 이제 고마 나가거라."

"아이고, 그리요? 그거 내가 곤쳐 주까요?"

"이눔이, 이 싱거운 놈이! 고치긴 니가 뭘 고쳐! 씰데없는 소리하지 마라."

"아이고, 따님은 내 아니믄 못 고치니더. 내가 곤치 주께요."

"그래? 그라만 고치 봐라."

"곤치만 날 장개들여 줄라니껴?"

"하! 장개들이 주지."

"다른 데는 안 가요. 이 집 따님한테 가야 되니더."

이렇게까지 말하니 딸을 준다고는 했지만 대감 마음에는 사실 딴 생각이 있었어.

'아무것도 없이 남의집살이하는 놈, 까짓것 다른 데로 장가들이면 되지, 뭐!'

하는 요량이었지. 어쨌든 총각이 딸의 사타구니에서 털을 빼니 이제 소리가 안 나. 그 털은 총각만 빼낼 수 있었으니 당연하지. 그런데 문제가 해결되고 나니 대감의 마음이 바뀐 거야.

"약속대로 지가 장개를 와야 되잖니껴?"

"야야! 우리 딸을 차마 널 줄라? 내가 어데 좋은 데 중신해 주께. 마음을 달리 무라."

"안돼요. 첨에 약조한 대로 해야 되니더. 일구이언하마 그 병이 잘못되어 또 소리가 날 낍니더."

"설마! 소리가 또 튀어나올라꼬!"

대감이 약속을 안 지켰으니 총각이 또 털을 딸이 오줌 누는 그 자리에 갖다 꽂았어. 그러자 털이 또 딸의 사타구니에 꽂혀 버렸어.

"오죽, 배죽, 당다꿍!"

오줌 눌 때마다 또 이런 소리가 나니 할 수 없이 대감이 총각에게 딸을 준다고 말할 수밖에 없었어.

"야야! 인제는 참말이다. 고치 주기만 하만 내가 정말 사위 삼을 끼다."

"그렇게 해놓고설랑 내중에 또 약조를 어길라고요. 요번에는 혼인한 뒤에 고쳐 줄 끼니더."

"그래, 알았다. 내 딸은 니 끼다!"

혼인을 하고 난 뒤 총각이 아내의 사타구니에서 털을 빼니 당연히 아무 소리도 안 나는 거야. 총각은 대감 딸에게 장가를 가서 그렇게 잘살았대. 그래서 사람은 구해 놓아도 은혜를 모르고, 짐승은 구하면 은혜를 갚는다는 옛말이 있나 봐._예천군 개포면

6-5. 은혜를 모르는 인간, 은혜 갚는 짐승

때는 오뉴월 염천인데 마침 소나기가 내린 날이었어. 어떤 선비가 개울로 낚시질을 하러 갔어. 개울가에 앉아서 낚시질을 하는데 큰물이 콸콸 내려오는 거야. 그때 난데없이 아이가 둥둥 떠내려오지 뭐야. 선비는 얼른 낚싯대를 걸어 아이를 당겨서 건져 냈어. 다행히도 아이는 살아 있었어. 그런데 또 뭔가가 둥둥 떠내려 와. 가만히 보니 큰 구렁이야. 건져 놓으니 서까래만큼 큰 구렁이였어. 구렁이는 살아서 풀숲으로 가 버렸어. 좀 있다 보니 뭔가 또 떠내려오네! 이번에는 고양이 한 마리야. 또 낚싯대로 건져냈지.

물에 떠내려온 셋을 살려 놓았는데 구렁이는 스르륵 가 버렸으니 선비는 아이와 고양이만 집으로 데리고 왔어. 고양이는 밥만 주면 되니 집에 그냥 두면 되고, 선비에게는 이미 자식이 있었지만, 건져 온 아이가 부모형제가 없으니 작은아들처럼 키우기로 했어.

세월은 흐르고 흘러, 큰아이가 스물댓 즈음 되고 건져 온 둘째가 열여덟 살 정도가 되었나 봐. 하루는 선비가 한밤중에 자고 있는데 고양이가 와서는 안겨 붙는 거야.

'이 고양이가 우짠 일인고?'

무슨 일인가 해서 선비는 옷을 주섬주섬 입고 방을 나섰어. 고양이는 마치 선비에게 따라오라는 듯이 앞서 걸어갔어. 고양이가 어디로 가는지 궁금해서 선비는 뒤를 따라가 보았어. 따라가다 보니 콩밭이야. 콩이 잘 익어서 조롱조롱 매달려 있는 밭골 안으로 고양이가 솔솔 들어가기에 계속 따라갔더니, 이게 뭐야! 도적놈들이 갖다 놓았는지 몇천 냥쯤 되어 보이는 엽전 보따리가 떡 있는 거야. 고양이는 그걸 보여 주고는 '됐다!'는 듯이 가 버렸어. 선비는 다시 집으로 와서 큰아들에게 말해도 될 것을 물에서 건져 온 둘째 아들에게 말했어.

"야야! 고애이고양이가 캐말해 가주고 돈 있는 데를 알았다. 돈 가주로 가자."

"예, 가이시더."

그런데 집을 나서던 둘째 아들이 갑자기 부엌에 들어가서는 휘 둘러보고 나오지 뭐야. 선비는 개의치 않고 고양이와 둘째 아들을 데리고 가서 돈 보따리를 짊어지고 나왔어. 그런데 그때 갑자기 '쉐' 하는 소리가 들렸어.

"이기 뭔 일이고?"

고요한 한밤중에 그런 소리가 나니 눈이 휘둥그래질 수밖에. 소리가 나는 곳을 찾아 둘러보고 있는데, 그 옛날 선비가 구해 주었던 구렁이가 스르륵 기어 오는 거야. 그러더니 갑자기 몸을 반쯤 세워서는 선비 뒤에서 따라오던 아들의 목을 탁하고 물어서 죽여 버렸어. 그러고는 구렁이는 그때처럼 또 사라져 버렸어.

선비가 깜짝 놀라서 건져 온 아들의 몸을 흔드는데 몸에서 부엌칼이 툭 떨어지는 거야. 그 구렁이가 아니었으면 이놈이 선비를 죽이고 돈을 가지고 도망칠 요량이었던 모양이야. 구해서 아들 삼은 인간은 선비를 죽이려고 했는데 구렁이와 고양이는 은혜를 갚았다는 그런 이야기가 있지._군위군 효령면

6-6. 은혜 갚은 두꺼비

옛날에 의붓어머니와 같이 사는 아이가 하나 있었어. 의붓어머니는 밥을 하면 이 아이에게는 솥에 누룽지 한 숟가락씩만 긁어 주며,

"먹어라."

하는 거야. 아이는 그 밥을 들고 앉아서는 닭똥 같은 눈물만 뚝뚝 흘렸어. 어쨌든 배는 고프고, 배가 고프니 그 밥이라도 먹어야지. 한 숟가락 뜨고 있으면 물두멍부엌 한 쪽에 물을 길러 놓은 항아리 뒤에서 조그마한 두꺼비 새끼가 팔짝팔짝 뛰어 나오는 거야.

"에고, 저것도 배가 고프이 밥내 맡고 나오나. 두껍아, 니 내 밥 좀 머 봐라."

밥을 조금 던져 주면 두꺼비가 덥석 받아먹고 다시 두멍 뒤로 들어가고, 그렇게 아이에게 밥을 얻어먹으며 두꺼비는 점점 자랐지. 아이도 처녀가 되었고.

그런데 어느 날은 이 의붓어머니라는 사람이 쌀을 몇 섬 받아 놓고 딸을 팔기로 했어. 팔려 갈 날짜가 되니 의붓어머니가 옷을 한 벌 새로 해서 입고 가게 했어. 처녀가 옷을 입고 정든 부엌에 들어가니 두꺼비가 펄쩍 뛰어 오르는 거야.

"에고, 이 두껍아! 나는 오늘 간다. 내가 가면 니가 굶을 낀데 나하고 같이 갈래?"

이 말을 들은 두꺼비 턱이 구불구불 거려. 처녀는 그러겠다는 뜻으로 알고 치마에 두꺼비를 싸서 자기를 데리러 온 가마에 함께 탔어. 가마를 타고 한참 가다 보니 어느 사당 앞에 내려놓는 거야. 그 사당은 돌지네가 지키는 곳인데 사람들이 처녀를 사서 돌지네한테 바치고는 했어. 처녀는 그것도 모르고 사당 문을 활짝 열었어. 그랬더니 산해진미가 차려져 있는 거야. 배도 고프고 해서 실컷 먹고 있었지. 그러다 저녁이 됐는데 그날이 마침 정월 대보름날이었어. 그런데 아니, 이게 웬일이야. 한 밤중이 되니 시퍼런 불이 하늘로 솟는 거야.

'아하! 인제 내가 죽는구나. 어째 시퍼런 불이 하늘로 승화를 하노.'

그렇게 생각하는 순간 두꺼비가 나타나더니 입에서 벌건 불을 내뿜었어. 그러자 시퍼런 불이 점점 사그라들더니 두꺼비의 벌건 불에 둘러싸이는 거야. 조금 뒤 '턱' 하는 소리가 나서 보니 돌지네가 벌건 불에 구워지고 말았지 뭐야. 다음 날 날이 새자 동네 사람들이 처녀의 시체를 치우러 사당에 왔어. 그런데 와서 보니 처녀가 떡하니 앉아 있거든. 처녀 뒤에는 돌지네가 구워져서 죽어 있고 말야. 그동안 돌지네가 나타날 때마다 사람이 죽어 나가서 처녀를 바쳐야 했던 동네 사람들은 정말 좋아했지.

처녀가 그동안의 사정을 이야기하자 사람들이 신랑감을 구해서 둘을 혼인을 시켰어. 둘이 혼인을 치르고 난 뒤 그렇게 잘 살았다네._예천군 개포면

6-7. 개구리가 준 밥그릇

남의 집 머슴살이를 하는 부부가 있었어. 일을 해주고 일 년 치 돈을 받아서 사는데 다음 해가 다가오면 살기가 너무 힘들어지는 거야. 색시가 신랑을 보고 말했어.

"여보, 우리 살림이 이래 갖고 우예 살겠소. 이럴 기 아이라 내가 시집올 때 가주고 온 옷가지로 장사 밑천을 삼아서 장사 한 번 해 보이시다. 저 옷 가주고 있어 봤자 필요도 없이니."

"아, 그래. 그래 보자."

색시 옷을 들고 장에 가서 팔았는데 옷이 싸서 그랬는지 빨리 팔렸어. 옷을 판 돈을 들고 무슨 장사를 할까 해서 시장을 둘러보았어. 그때 한 사람이

"깨구리 사소. 깨구리 사소."

하며 외치고 다녀. 신랑이 들어 보니 이상한 거야.

'와 깨구리를 저래 잡아 가주고 지고 댕기미다니면서 파노.'

그래서 그 사람에게 물었어.

"여보, 그기 뭐요?"

"아, 이기 깨구리요."

"깨구리를 와 그래가 댕기요?"

"아이고, 요놈의 깨구리가 모판에 드가가 어찌나 해작이던지 해작이다: 들추거나 파내다. 하도 밉어가미워서 전부 잡어가 오늘 장에 팔러 왔소."

신랑이 이 소리를 듣고 생각했어.

'물에 놀던 짐승을 저래 묶어 놨으이 얼매나 물이 보고 접고싶고 답답겠노?'

그렇게 생각하니 개구리가 너무 애처로운 거야.

"그거 다 주이소. 내가 살라요."

신랑은 장사 밑천 하려던 돈을 다 털어 그 개구리들을 샀어. 개구리를 사서 걸어오다 보니 물웅덩이가 있었기에 그 물에 개구리를 풀어 주었어. 개구리들은 팔딱팔딱 뛰며 야단이 났지. 신랑은 개구리들이 좋아하는 것처럼 보여서 한참을 구경하다가 집에 갔어. 집에 가자 색시가 물었어.

"아이고, 장에 가서 얼매나 받았어요? 돈 어디 있소?"

신랑은 할 수 없이 사실대로 이야기 했어. 색시가 신랑이 얼마나 미웠겠어? 등이라도 한 대 때려 주고 싶었지만 미우나 고

우나 가장이니 그럴 수도 없어서 저녁을 먹고는 그냥 잤어. 다음 날이 되자 신랑은 어제 개구리들이 좋아하던 모습이 눈에 삼삼한 거야. 그래서 그 물웅덩이 가 보았지. 신랑이 가자 개구리들이 우르르 모두 나와서 신랑을 반기고는 오도 가도 못 하게 둘러쌌어.

"깨구리야. 깨구리야! 물에 놀던 짐승이 얼매나 물이 보고 접겠나 싶어서 그랬디만 어째 이래 오도 가도 몬 하게 하노?"

그렇게 가만히 서 있으니 개구리들이 움직이더니 앞의 놈은 끌고 뒤의 놈은 밀며 밥 한 그릇을 가져다주는 거야. 그리고는 좌르르르 흩어져 물에 들어가 버려.

'이상하지만도 이 깨구리들이 참 이뿌구마이. 에라, 깨구리들이 준 요 밥그릇을 집에 들고 가자.'

밥그릇을 집에 가지고 가서 부부가 밥을 반만 먹고는 선반에 올려놓았어. 그런데 이게 웬일이야! 다음 날이 되자 밥그릇에서 쌀밥이 막 넘쳐 나오는 거야. 부부가 감당이 안 되어 삽으로 퍼내다가 색시가 말했어.

"우리 이럴 기 아이라 옆집에 가가 나락벼 한 줌 얻어다 여게다 옇어넣어 보입시다."

신랑이 옆집에 가서 벼를 한 줌 얻어다 밥그릇에 넣어 놓으니 벼가 콸콸콸 자꾸만 나오는 거야. 그렇게 몇 천 석, 몇 만 석이 나

왔대. 부부는 당연히 부자가 되었지. 개구리한테 좋은 일 해서 그렇게 잘 살게 되었어. _군위군 산성면

6-8. 구렁이 선비와의 사랑

옛날에 앞집엔 정승이 살고, 뒷집에는 가난한 아낙이 살았대. 뒷집 아낙이 아기를 낳았는데 구렁이를 낳았다지 뭐야. 구렁이가 태어난 지 사흘 만에 자기 어머니에게 말했어.

"내를 앞집 정승의 딸한테 장개를 안 보내 주마 한쪽 손에는 칼을 들고 한쪽 손에는 불을 들고 나왔던 구무(구멍)로 도로 들어갈라요."

이래 죽으나 저래 죽으나 똑같은 가난한 아낙은 할 수 없이 정승집에 찾아갔어.

"우리 아들이 영감 마님댁 작은 딸한테 장개를 안 보내 주마 한쪽 손에 칼 들고, 한쪽 손에 불 들고 나왔던 구무로 다시 들어간다 카이 이 일을 어찌 했으마 좋겠십니꺼?"

아낙은 구렁이 아들이 했던 말을 전하고 용서해 달라고 빌었어. 그래도 정승은 노발대발했지. 아낙의 말을 듣고 고함을 치며 야단이 났어. 그때 딸이 나섰어.

"아바님, 걱정하지 말고 허락을 해 주이소."

딸이 간청하니 정승은 할 수 없이 허락을 했어.

장가 간 첫날밤에 구렁이는 아내에게 말했어.

"색시, 색시 집에 3년 묵은 꿀 단지, 지렁간장 단지, 밀가리 단지는 어데 있소?"

"지렁 단지는 장독에 있고, 꿀 단지는 빅장벽장 안에 있고, 밀가리 단지는 도장 안에 있소."

구렁이는 신부의 말을 듣고 가서 간장과 꿀을 먹고 밀가루에 몸을 또르르 굴려 허물을 벗었어. 이제 아주 깨끗한 선비가 되었지. 그러고는 색시 방에 들어 왔어.

"이 허물을 아무도 못 보게 하고 내가 올 때까지 잘 간수하고 계시오."

그렇게 부탁하고 구렁이 신랑은 서울로 갔어. 색시는 허물을 저고리 동정 밑에 넣어 꿰매어 두었지.

세월이 흘러 3년이 지났어. 색시에게는 언니가 둘이 있었는데 동생이 멋진 남편을 만난 것을 보고는 심술이 났지. 그래서 막냇동생의 저고리를 가져가서는 동정 밑에 들어 있는 허물을 빼내어 불살라 버렸어. 허물 태우는 노린내가 서울까지 날아갔어.

그동안 구렁이 선비는 서울에서 열심히 공부하여 벼슬까지 했더래. 그런데 색시에게 내려오고 싶어도 허물을 태워 버려 내려오지 못하게 된 거야. 신랑이 오지 않으니 색시는 머리를 깎고 중이 되어 바랑을 지고 서울에 올라갔어. 색시에게 오지 못한 구렁이 선비는 서울에 있는 공주와 결혼하여 잘살고 있었지. 색시는 그 사실을 알고 산속 절로 들어갔어. 달이 환한 어느 날 밤 색시가 달을 보며 말했어.

"내 몸은 여기 있어도 달님은 조선 천지를 비추니 선비님께 가서 마누래 이름을 좀 가리쳐 주이소. 선비님도 지금 달을 보며 울고 있을 끼라."

색시는 한참 동안 그렇게 앉아 눈물을 흘리다가 방에 들어갔어. 다음 날도 색시는 달을 보며 그렇게 말했지. 그 다음 날도 마찬가지였어. 그렇게 며칠이 지나자 거짓말처럼 구렁이 선비가 왔지 뭐야.

"색시, 나 여기 있소."

두 사람은 만나서 잘 살았대._성주군 대가면

6-9. 남편의 원혼

어떤 사람이 청도에서 현풍까지 큰 재를 넘어서 현풍 장에 소를 팔러 왔대. 현풍 장에서 소를 판 뒤 그 돈을 전대에 넣어서 허리에 불끈 매고는 다시 청도에 있는 집으로 돌아가는 길이었어. 음동陰洞이라는 마을을 지날 때 즈음이었지. 갑자기 이 사람이 똥이 마려웠어. 주변을 둘러보니 사람이 안 보이는 거야. 그래서 급하게 허리를 풀고 바지를 벗어 놓고 논두렁에 앉아서 똥을 누었지. 그런데 그때 난데없이 족제비가 한 마리 나타나더니 돈주머니가 달린 허리끈을 물고 달아나는 거야. 똥을 누다가 깜짝 놀라서 얼른 옷을 입고는 돈주머니를 뺏으려고 족제비를 따라갔어. 족제비는 잡힐 듯 잡힐 듯 자꾸만 달아나. 이 사람도 계속 족제비를 따라갔어.

그렇게 한참을 따라가는데 족제비가 묘지 안으로 들어가는 거라. 그러고는 어느 묘 위에 올라가더니 거기에 난 구멍으로 쏙 들어가 버려. 참 내! 소 판 돈을 다 잃어버리게 생겼어. 그래서 족제비가 들어간 구멍을 일단 발로 꽉 막았어. 그리고 주변에 다른 구멍이 있는지 둘러보았어. 다른 구멍은 없어 보이기에 돌을 가지고 와서 구멍을 단단히 막아 놓고 동네로 내려왔어. 그리고 주막에 들어가서 술을 한잔 시켜 놓고 이야기를 시작했어.

"내가 소를 팔아 가주고 오다가 똥이 누고 싶어서 돈주무이를 옆에 놓고 똥을 누고 있는데 족제비가 와서 돈주무이를 물고 어느 미묘에 들어갔는데 그 미가 쓴 지 얼매 안 되는 새 미던디. 저, 그 미 임자가 누군교? 이 동네 사람 미인교?"

옆에 있던 사람이 말했어.

"아! 그 미는 이 동네 사람 미인데 남자가 죽어 가지고 미를 쓴 지 얼매 안 됐소."

"그라마 내가 돈을 찾을라 카마 임자한테 이 얘기를 해서 저 미를 좀 파야 되겠는디."

"그거는 미 임자하고 상의하소."

그래서 묘 임자를 찾아가 보니 한 과부야. 하지만 과부는 절대 묘를 못 판다며 펄쩍 뛰었어.

"왜 못 파는교? 내가 달리 팔라 카는 것도 아이고 소 한 마리 판 돈이 거기 드갔기 때문입니더. 내 돈을 찾기 위해서 미를 팔라 카는 거지 당신네 해코지 할라꼬 팔라 카는 게 아입니더."

아무리 사정을 해도 과부는 들은 척도 하지 않았어. 절대 못 파게 하는 거야. 과부가 계속 이렇게 나오니 돈 주인은 수상할 수밖에. 일이 이렇게 되니 과부랑만 이야기를 나누어서는 해결될 일이 아닌 것 같았어. 돈 주인은 포도청으로 달려갔어. 다음 날이 되자 포도청에서 사람이 나와 묘를 파게 했어. 과부는 절대로 묘를 못 판다고 난리법석을 부렸지. 그러든지 말든지 어쨌든 묘를 팠어.

묘를 파 보니 쓴 지 얼마 되지 않아 죽은 사람의 시체는 과히 상하지 않았어. 그런데 족제비는 온데간데없는 거야. 시체를 들어서 보니 돈주머니는 시체 밑에 딱 놓여 있고 말야.

'참말로 이상한 일이다. 돌로 가지고 구영구멍을 분명히 막아 놓았는데 족제비가 어데로 갔노?'

어찌되었든 소 판 사람은 돈을 찾았으니 일이 해결되었으나 포도청 사람들이 가만히 보니 이 과부가 너무 수상한 거야. 그래서 시체를 가져다가 조사를 해보았어. 자세히 살펴보니 이마에 대못이 하나 박혀 있는데, 그것도 아주 큰 대못이었어. 그래서 과부에게 물었지.

"거, 여어, 왜 여기에 못이 박히었느냐?"

그러자 과부의 얼굴이 붉으락푸르락 하며 변하는 거야.

"수상하구나! 누구의 소행인가?"

알고 보니 남편 살아생전에 이 여자에게 다른 남자가 있었어. 여자는 남편을 없애고 그 남자하고 살아보겠다는 나쁜 마음을 품었지. 그래서 남편이 자고 있을 때 이마에 대못을 박아 죽인 거야. 여자는 바른 말을 할 수밖에 없었어.

어쨌든 소 판 사람은 돈을 찾았으니 집으로 가고 과부는 포도청으로 끌려갔어. 아마 그 족제비가 남편의 원혼이었나 봐.

"너무 억울하게 죽었으이 내 원을 풀어 주시오."

그런 뜻에서 돈주머니를 물고 간 게 아닐까? _달성군 유가면

6-10. 여우 누이

어떤 집에 삼형제와 딸 하나가 있었어. 게다가 이 집에는 말도 여남은 마리나 있었어. 꽤 부잣집이었거든. 그런데 어느 날부터인가 저녁마다 말이 한 마리씩 죽어 가는 거야.

"와 말이 매일 죽노? 누가 자묵노잡아먹나?"

아버지가 탄식하자 큰아들이 말했어.

"아부지 다른 게 그라는 게 아이라 막내가 그랍니더."

"그럴 리가 있나?"

아버지는 큰아들을 내쫓아 버렸어. 그리고 둘째 아들에게 말을 지키게 했지. 그런데 또 말이 죽었어. 아들에게 물어보니 또 큰아들과 똑같이 대답하지 뭐야.

"막내가 그랍니더."

아버지는 둘째 아들도 쫓아내고 셋째 아들에게 말을 지키게 했어. 말이 죽은 다음 날 셋째 아들의 대답도 똑같았어. 알고 보니 그 집 여동생이 구미호가 되어서 저녁마다 말을 잡아먹고 아들 삼형제를 다 쫓겨나게 한 거야. 그 집은 그렇게 풍비박산이 났지.

세월이 흘러 큰아들이 마을에 돌아왔어. 그동안 큰아들은 혼인을 하여 아내가 있었지. 그런데 이 아내가 보통 사람이 아니었나 봐.

"집하고 동상들하고 우예 됐는고 함분한번 가 봐야겠소."

이 말을 듣고 아내가 말했어.

"당신이 집에 갈라면 이 봉지 세 개를 가지고 가이소. 디기참말로 급할 때 이걸 하나씩 던지소."

큰아들은 봉지 세 개를 들고 여동생 혼자 있는 집에 들어갔어. 집은 풍비박산이 나서 엉망이 되어 있었지 큰아들은 여동생에게 말했어.

"동생, 내가 밥이 묵고 접은데싶은데 밥을 좀 해도."

동생이 밥을 한다고 부엌으로 들어가는데 아무리 보아도 이상한 거야.

'이 아가 말을 잡아먹더니 이상하네.'

겁이 난 오빠는 말을 타고 도망쳐 버렸어. 그랬더니 이 구미호로 변한 동생이 뒤에서 달음박질로 따라왔어.

"오빠한테, 말한테 가자!"

하며 말이지. 오빠는 아내가 준 봉지를 하나 던졌지. 그러자 봉지에서 수많은 바늘이 나와 바닥에 꽂혔어. 구미호는 그것을 타 넘고 말 궁둥이에 닿을 것처럼 따라왔어. 오빠는 또 봉지를 던졌어. 이번에는 물바다가 되었어. 구미호가 된 동생은 물바다를 뛰어넘어 말 궁둥이를 따라왔어.

"오빠한테, 말한테 가자!"

하면서 말이야. 오빠는 또 봉지를 던졌어. 이번에는 불바다가 되었어. 구미호는 더 큰 고함을 지르면서 따라왔어.

'이거, 큰일 났다!'

오빠는 힘껏 달렸어. 그때 갑자기 하늘에서 천둥이 치더니 노란 구름이 둥둥 떠 와 오빠를 하늘로 들어 올려 구름에 태웠어. 드디어 오빠가 살아난 거야.

그 뒤에 삼형제는 서로 만나게 되었대. 여동생은 죽었는지 살았는지 알 수가 없어. 그냥 옛날에 이런 일이 있었다는 것만 알지. _달성군 가창면

6-11. 여우와 선비①

옛날에 글밖에 모르는 선비가 있었더래. 그런데도 과거를 보면 늘 떨어지는 거야. 그러기를 아홉 번, 그런데도 열 번째 과거를 또 보러 가려고 하니 아내가 말렸어.

"그라마, 내가 팔도유람을 좀 하면서 여러 가지 일도 하고 새 사람이 되어서 올 테니께 그때까지 좀 참아 주소."

"예, 그리 하이소."

아내는 할 수 없이 남편을 보내 주었어. 팔도를 돌아다니던 선비는 어느 절에 다다르게 되었지. 그 절에는 일 년에 한 번씩 설날만 되면 여우가 예쁜 여자로 변해서 술상을 차려서 내려온다는 얘기가 있었어. 그리고 여우가 중들을 하나씩 꾀어 죽여 놓고 간을 빼 먹곤 했다는 거야. 마침 선비가 절에 들어간 다음 날이 설날이었어. 설날 아침이 되자 중들이 하나씩 오더니 말했어.

"저희들이 설날이라서 집에 좀 다녀와야 되겠십니더."

선비는 아무것도 모르고 그렇게 하라고 했어. 이제 절에는 선비 혼자 남았지. 설날 밤 자정이 되자 어떤 여자가 문을 똑똑 두드렸어.

"쫌 들어가도 되겠십니꺼? 날도 찬데 쫌 들어 가이시더."

"들어오이소."

선비가 보니 여자가 너무 예쁜 거야. 하지만 좀 이상한 생각이 들었지.

"아니, 이렇게 이쁜 사람이 이 산중에 어떻게 들어오게 되었소?"

"예, 지가 사연이 쪼매 있어 가주고 이래 들어오게 됐십니더. 술상을 채리 갖고 왔으이 한잔 드이소. 원래 해마다 이 절에 와서 술을 대접했십니더."

"아, 그렇십니꺼? 고맙십니더."

선비가 술을 마시며 여자를 보니 얼굴이며 말씨며 너무 예쁘긴 한데 무언가가 이상한 거야. 그래서 술을 먹는 체하면서 두루마기 밑에 숨겨 놓은 그릇에 몰래 부어넣었어. 그리고 여자에게 계속 술을 마시게 했지. 드디어 여자가 술이 취한 것 같았어. 여자는 정신을 잃고 방바닥에 드러누웠어. 선비는 여자의 몸을 샅샅이 뒤지기 시작했어. 뒤지다 보니 여자의 엉덩이 끝에 꼬리가 달려 있지 뭐야. 알고 보니 여우였던 거야.

'내 추측이 맞았구나!'

선비는 여우를 자루에 넣고 꽁꽁 묶어서 벽에 걸어 놓았어. 시간이 지나자 여우가 술이 깨서는 소리를 질러 댔어.

"선비님! 선비님! 살리 주이소."

"살리노마 나를 죽일라 칼 낀데 우예 살리 주겠노?"

"선비님! 지를 풀어 주마 지한테 있는 귀한 보물을 드리께예. 그기 책인데 책 내용을 다 외우마 이 세상의 모든 재산을 다 가질 수 있십니더."

선비는 보물이라는 말에 귀가 솔깃해졌어.

"그래, 그기 어데 있는고?"

"예, 지를 풀어 주시마 보물 있는 데를 갈키 주겠십니더."

"알겄다. 그라마 니를 데리고 갈란다."

선비는 여우가 든 자루를 들쳐 메고 산을 오르기 시작했어. 가다가 어느 큰 바위 앞에 다다르자 여우가 말했어.

"바위 밑에 넓적한 돌이 하나 있을 깁니더. 그 돌을 들쳐 보며는 조그만 책이 하나 있을 긴데 그 책이 저의 재산 전부임더."

돌을 들어 보니 정말 조그만 책이 있는 거야.

"그것을 한 장씩 외면 자기가 원하는 것을 가질 수 있고, 모습을 다른 사람에게 안 보이게 할 수도 있십니더."

"그러나?"

"이제 지를 풀어 주이소."

선비는 약속을 지키기로 했어. 그리고 여우를 풀어 주며 당부했지.

"니가 약속을 지켰으이께 풀어 주꾸마. 다시는 나타나마 안 된데이. 이 책은 나중에 내가 돌려주꾸마."

선비의 말을 듣고 여우는 뒤도 돌아보지 않고 사라졌어. 선비는 책을 가지고 절에 돌아왔어. 그러고 있던 참에 중들이 하나둘 돌아오기 시작했어. 방에서 듣고 있으니 바깥에서 중들이 서로 밀치며 야단법석이야.

"자네가 들어가 보게."

"아니, 자네가 들어가 보게."

"작년에는 내가 들어가 봤잖은가?"

"재작년에는 내가 들어가지 않았는가?"

이렇게 서로 안 들어가려고 하다가 갑자기

"우리 모두 같이 들어가 보세."

하더니 문을 확 열었어. 그런데 웬일로 선비가 살아 있지 뭐야. 중들은 깜짝 놀라 뒤로 나자빠지고 말았어. 그리고 싹싹 빌기 시작했지.

"사실은 설날이 되면 해마중 여우가 찾아와 가주고 우리 중들을 한 명씩 죽여서 간을 빼 먹었십니더. 그란데 선비님이 우리

절을 찾아 주시이께 우리가 선비님을 여우한테 바칠려고 그랬십니더."

"그랬어요? 부로일부러 집에 간다 했구만요."

중들은 이 일 때문에 선비를 절의 주인으로 모시기로 마음을 모았어.

"지발, 이 절의 주인이 돼 주이소."

"그라마, 메칠만 주인이 돼 주겠소."

"고맙십니더! 고맙십니더!"

선비는 며칠만 있기로 했으나 절에 있다 보니 몇 년이 흘러 버렸어. 그 사이 선비는 백발 노인이 되어 버렸지. 그래서 중들에게 말했어.

"인제 집에 가 봐야 되겠소. 그동안 신세 마이 졌십니더."

선비는 절을 떠나 길을 나섰어._영덕군 창수면

6-12. 여우와 선비②

선비는 절을 떠나 집으로 돌아가는 길에 어느 고을에 당도하게 되었어. 그 고을에는 아주 욕심꾸러기 심술궂은 원님이 있었지. 백성들 재산을 모두 차지하려고 하나에서 열까지 세금을 붙여서 백성들 피를 빨아먹고 있었어. 하는 짓이 너무 괘씸해서 백성들의 불만이 하늘을 찌를 정도였지. 선비는 어느 집의 문을 두드렸어.

"여, 하룻밤만 묵어 가이시더."

"묵어 가기는 묵어 가되, 우리 집에는 밥이 없십니더."

"와, 밥이 없십니꺼?"

"이 고을 원님이 세금을 하도 많이 붙이 가주고 쌀 한 톨도 구경을 못 합니더."

"그렇십니꺼? 지가 이 문제를 해결할 틴께 하룻밤만 재와 주이소."

"그리 하이소."

다음날 아침에 원님 집 앞에 가보니, 마침 그날이 원님의 생일날이었어. 담 아래를 보니 조그만 구멍이 하나 보였어.

'저 구녕을 크게 하는 방법이 없으까?'

책을 살펴보니 그 방법이 있는 거야. 책에서 일러준 대로 경을 외우니 구멍이 점점 커지기 시작했지. 사람이 들어갈 수 있을 정도가 되자 선비는 안으로 들어갔어. 그리고 쌀을 옮길 수 있는 방법을 책에서 찾았지. 아니나 다를까! 그 방법도 있었어. 선비가 경을 외우자 고을에 있는 사람들 모두에게 쌀 한 가마니씩이 돌아갔어. 동네 사람들은 깜짝 놀랐지.

"이게, 웬 조환가? 이상하네! 고을 원이 이랬을 택이 없는데."

이렇게 놀라고 있는데 이번에는 더 놀라운 일이 벌어졌지. 집집마다 방안에 갑자기 보물이 생기는 거야.

"이거! 이상하네. 고을 원이 새 사람이 됐나?"

그때 원님은 쌀과 재산이 없어져서 야단이 났어. 그래서 지키는 사람들을 보고 소리를 질러댔지.

"너거들이 훔치 갔지? 너거들이 그랬는 거 아이가?"

"아입니더! 아입니더!"

"너거들 아이면 누가 훔쳐 갔냐꼬!"

"모르겠십니더! 모르겠십니더!"

"그라마 이 집에 도둑맞을 구녕이 없는지 샅샅이 함 찾아 봐라이."

사람들이 담을 따라 가 보니 엄청 큰 구멍이 보이는데 그 앞에서 선비가 책을 들고 경을 외우고 있는 거야.

"요노무, 잡았다!"

그리고 선비를 데리고 원님 앞에 데리고 갔어.

"우예서 남우 재산을 훔친노?"

"그런 사또는 우예서 백성들에게 억수로 세금을 붙이서 자기 재산으로 만들었는교?"

"하이, 요놈 봐라!"

"백성들 피 빨아 묵고 사는 이 치사하고 더러운 인간아!"

"에이, 저놈을 당장 처형시키 뿌라!"

"흐응, 어림 없지!"

선비는 또 경을 외워서 눈 깜짝할 사이에 사라져 버렸어. 그리고 원님 집에서 빠져나와 버렸지. 사또는 화가 나서 선비를 잡는 사람에게 돈 천 냥을 주겠다는 방을 붙였어. 사람들은 그 말에 귀가 솔깃해져서 은혜도 모르고 선비를 찾기 시작했지.

선비는 이미 그 고을을 떠났지만 이웃 마을에 도착해서 보니 자기를 찾는 방이 붙여져 있지 뭐야. 그래서 할 수 없이 한쪽 눈을 빼서 애꾸눈이 되었어. 얼굴은 똑같으나 애꾸눈을 가졌으니 아무도 찾을 수가 없었지.

드디어 선비는 집으로 돌아왔어. 돌아오니 아내는 간 곳 없고, 초가집만 덩그러니 있는데 풀이 우거져 사람 사는 집 같지가 않았어. 하지만 갈 데도 없으니 그 집에서 하룻밤을 지내고 다음날 아침 옆집 사람에게 물었어.

"여게 살던 할망구 어데 갔소?"

"예, 이 집 부인은 저 짝에 기와집에 살고 있십니더."

"예? 기와집에 살아요?"

"예. 재가를 해 갖고요."

선비는 아내가 새로 시집을 갔다고 하니 놀라서 그 집을 찾아갔어.

"하룻밤만 묵고 가이시더."

선비가 그 집 주인을 보니 마음씨도 좋아 보이고 대접도 아주 잘해 주는 거야. 아내가 선비의 얼굴을 보니 비록 애꾸눈이지만 분명히 옛날 자기 남편이었지. 밤이 되자 선비는 경을 줄줄 외기 시작했어.

"내가 요 글만 아이래면 할망구를 안 잃었을 낀데."

한 장 읽고 그 말을 하고, 한 장 읽고 그 말을 하고. 아내는 밖에서 그 말을 들었지. 사흘째 되는 날 밤, 아내는 선비에게 찾아왔어.

"아니 그기 무신 말입니꺼?"

선비가 입을 다물고 있으니 아내는 답답해서 말했어.

"말을 안 하면 이 집에서 쫓아내겠십니더."

선비는 그동안에 있었던 일을 자세히 이야기해 주었어.

"그라마, 인제 글은 집어치우고 장사라도 할랍니꺼?"

"안 그래도 그럴 참이라고."

"그라마, 지가 도와주겠십니더."

아내는 기와집 영감과는 헤어지고 선비를 따라나섰어. 내외간에 다니면서 장사를 하니 금방 부자가 되었지. 그러던 어느 날 밤 선비가 잠이 오지 않아서 그 책을 들여다보며 작은 소리로 읽고 있는데 그 여우 여자가 방에 들어오는 거야.

"아니?"

"선비님요, 인제 그 책을 지한테 주이소!"

"그래라꼬!"

선비가 그 책을 여우에게 돌려주자 바로 떠나 버렸어. 선비는 그 뒤로 다시는 책을 읽지 않았대._영덕군 창수면